ひきなみ

千早 茜

角川書店

ひきなみ

目次

装画　西川真以子
装丁　大久保伸子

第一部 海

特急電車に揺られながら夢をみていた。

なんの夢だったかはおぼえていない。けれど、確かに夢をみていた。ゆらゆらと揺れながら、目が覚めてしまえばこの夢は消えてしまうと、うっすら思いながら夢の中にいた。

頭ではなく、体でみるような夢だった。とろりとした、あたたかい水に浸かっているみたいな心地好い感触を、いまだに肌がおぼえている。

覚めてしまうのが嫌だった。哀しみの念すら抱きながら浮上するように目覚め、薄目をあけると、自分のものじゃないような涙がこぼれた。

瞬間、まぶしい、と思った。

私はシートに一人で、かたわらの窓には海があった。

びゅんびゅんと過ぎていく景色の中で、空と青緑色の海だけが貼りつけたように動かない。

春休みだというのに車内はひと気がなく、肌寒かった。

そっと電車の窓に顔を近づけると、海がぎらっと太陽を反射して、目の奥が痛んだ。ガラス窓から日差しのあたたかさを感じた。

「お母さん、海」

膝《ひざ》の上に置いた新品の携帯電話に話しかける。にぶい銀色の機械はしんと黙ったままだ。電波をしめす棒は一本と二本のあいだをいったりきたりしている。アンテナを伸ばしてみても変わらない。赤い電話のマークに親指の腹を押しつける。マッチ箱ほどの画面がぱっと緑色に光って、慌てて電源を切った。朝から何度もくり返した動作だった。一緒に行けない代わりにと母が与えてくれた機械は、なんの安心もくれなかった。

顔をあげて海に目をこらした。想像していた海とは少し違うように思えた。ちょっと考えて、水平線がないからだと気づく。遠くのほうにでこぼこと森のようなものが浮かんでいる。やがて、島だと気づいた。でも、自分がこれから向かう島がどれかわからなかった。

どんどん海は近くなり、窓ガラスの下半分を埋めていく。

青緑色の海は底が見えなかった。太陽の光をたたえながら、うねるように動いていた。お風《ふ》呂《ろ》やプールの水とはまったく違うものだと知った。

——あんな穏やかな海はない。

母の言葉を思いだす。とてもそうは見えない。

これから私は、母の生まれ育った島で祖父母と暮らさねばならなかった。小学校最後の年に転校をすることになるとは思わず泣いてみせると、三ヶ月だけと母は約束してくれた。七月ね、七月に迎えにきてね、と私はわざとぐずぐず念を押した。駄々をこねるつもりはなかった。ただ、自分の心細さをアピールするために泣いた。母が私を忘れないように。母は困ったように笑って、島の良いところを並べあげた。

そんなやりとりがずいぶん遠いものに感じられた。自分はいま、どんな顔も作らなくていいのだと思った。そのことに対するうしろめたさも寂しさも、これからの不安も、すべてが遠く、青緑色の海を前にして私の心は奇妙なくらい凪《な》いでいた。自分が一人だということさえ、一瞬、忘れていた。

夢であそこにいた気がした。眠りの中で、私はあの海の一部だったのかもしれない。

喉《のど》がきゅっと苦しくなった。感じたことのない気持ちでいっぱいになりながら窓の外を見つめた。海はとぎれることなく続いた。

それが、初めて一人で海を見た記憶。

1

電車を降りると、帽子をかぶったおばあさんがベンチから立ちあがった。誰もいないホームの端から、がに股《また》で近寄ってくる。祖母に見えるが、違うような気もした。祖母には小学校の入学式に来てくれたときに会ったのが最後だった。

祖母らしきおばあさんは迷いなく私の前で足を止めた。ぎこちなく挨拶《あいさつ》をしながら、鼻の下にあったはずの大きな黒子《ほくろ》を探すが、深くかぶった帽子のつばが影をつくっていてよく見えない。帽子についた紐《ひも》が、たるんだ顎《あご》に食い込んで窮屈そうだ。

「葉《よう》ちゃん」

しわがれた声が私の名を呼び、「ようきた、ようきた」と肩から腕を撫《な》でまわされる。「おおきなったのう」「洋子《ひろこ》によう似てきた」と目をしわしわにしている。もじもじしているうちに祖母は私のスポーツバッグを担いで歩きだした。

「洋子が心配しとった」

「え」とポケットから携帯電話をだす。画面には時間しかでていない。

「そりゃ、なんじゃあ」

祖母はちょっと立ち止まってのぞき込むと、「こりゃあ、わしにはいたしいで」とざらざらした声で笑った。「え、なんですか」と聞き返したが、わしわしと歩いていく。言葉がよくわからない。耳も遠いのかもしれない。

不安な気持ちで後ろについていく。駅前はがらんとして、道路はなんとなく赤茶けていた。信号を渡ると急にひらけて、あちこちに桟橋が見えた。大きなフェリーが泊まっていて、車が吸い込まれていく。

祖母は桟橋のそばの四角いプレハブの建物に入った。看板は縁がぼろぼろで、字がかすれていて読めない。かろうじて青い船のイラストだけわかる。中はベンチと自動販売機の並ぶ待合所になっていた。

祖母は私に切符を買い、自分は定期のようなものを見せて、フェリーとは違う桟橋へ向かった。私が立ち止まると、すぐにふり返り「そっちの客船じゃのうて、こっちの高速船じゃ」と大声をあげて手招きしてきた。フェリーに乗りたかったわけではなく、自動販売機で飲み物を買いたかったのだけど、恥ずかしくなって言いだせなかった。

桟橋は道路よりもっと赤茶けていて、ところどころ濡《ぬ》れていた。あちこちから突きでたずんぐりした杭《くい》のようなものは、巻きついた太い鎖ごとペンキをかぶったように錆《さ》びていて気味が悪かった。

桟橋にくっつくようにしてバスくらいの大きさの船があった。船は平らで背が低かった。海面ぎりぎりの客室にもぐり込むようにして人が乗っていく。祖母と変わらないような老人がほとんどだった。船が揺れるたび、きいきいと擦《こす》れた高い音が鳴る。大きな動物が吠《ほ》えるような音が響いて、フェリーがゆっくりと動きだした。青緑の水がフェリーのまわりで白い波になる。海をすべる光がぎらぎらと目をさす。

「葉ちゃん、どしたの」

祖母が私をのぞき込んだ。

「……水がいっぱいで、まぶしくて」

つぶやいて、ぽかんとした祖母の顔で我にかえった。海なんだから水がいっぱいあるのは当たり前だ。かっと顔が熱くなる。

祖母は口をあけて笑った。

「東京の子は――」

その後の言葉はうまく聞き取れなかった。けれど、変なことを言う、と笑われたのだとわかった。そういう笑い顔を見たことがあった。祖母の口の中は歯がばらばらで、父がよく飲んでいる胃薬の匂いがした。私は黙って、木の板を踏んで船に乗った。

船の中はビニールのシートがずらっと並んでいた。空気はぬるくて、甘ったるい匂いがした。祖母が「食べ」とみかんを手渡してくる。見覚えのある小さなみかんだった。冬に段ボールに入ってやってくるたび、赤ちゃんみかん、と呼んで母に剝《む》いてもらっていた皮の薄いみかん。祖父が島で育てていると聞いたことを思いだす。

船が身震いするように揺れて、桟橋を離れていくのが低い窓から見えた。しばらくして、尻が一瞬浮いた感じがした。スピードがあがったのだとわかった。どっどっどっと揺れる。

「おばあちゃん、どれくらいかかるの？」

聞くと、祖母は耳に手をあてて顔を近づけてきた。あの胃薬みたいな匂いを嗅《か》いだら気持ちが悪くなりそうだったので、みかんと携帯電話を手に立ちあがった。

船室の段をあがってドアを開けると、船の後ろがひらけていた。ロープやボールみたいなものが転がっていて、両側に二人がけのベンチのようなものと手すりがある。

湿った重い風が吹きつけてきた。船のエンジン音が体に響くほど大きい。揺れで足元がぐにゃぐにゃした。よろめきながら一歩踏みだすと携帯電話が落ちて、拾おうとした拍子にしりもちをついた。短く悲鳴をあげる。

誰もいないと思っていたのに、ぱっとふり返った人がいた。

長い黒髪が風に踊っていた。大きすぎる地味な色のウィンドブレーカーに、まっすぐな細い脚。少しもぐらつくことなくやってくると、手を差しだしてきた。目が合った。

黒い目だった。習字の筆でしゅっと書いたような眉《まゆ》。つかんだ手は冷たかったけれど、私と同じくらいの大きさだった。

その子はちらっと床を見て「香姫《こうひめ》」とつぶやき、みかんを拾った。そういえば、そういう名前のみかんだった。風と船の音で声はほとんど聞こえなかったのに、言葉が頭に伝わった。まっすぐこちらを見てくるからだろうか。

でも、ちっとも笑わない。私の手にみかんをのせると、きびすを返して船の縁に腕をかけた。ほんの少し背伸びをしている。長い髪がばさばさと風になびいた。横顔はもう私を見ていなかった。

彼女のななめ後ろに工場群が見えた。クレーンや倉庫が離れていく。鯨《くじら》みたいに巨大な船もあった。港や桟橋はもう見えない。空がのしかかってくるように大きい。低い雲とぬめる海のあいだには島があって、小さな森のようだったり、険しい山のように尖《とが》っていたりと、いろいろなかたちがあった。船はどるどると音をたてながら、風と海を裂いて島々の方向へと走っていく。揺れるたび、細かい水滴が飛んでくる。

携帯電話をコートのポケットにしまって、女の子から少し離れて並んだ。彼女の真似をして、背伸びをして手すりに腕をのせる。スカートがふくらみ、おでこが全開になる。全身で重い風を受けていると、自分が海の上を駆けているような気分になった。立ったまま、体ひとつで、こんなスピードを感じたことがない。雲が流れて、太陽がさし、海の色がますます緑に輝く。海が、広い。自分がいた陸が地球のほんの一部に思えた。ちらっと女の子を見る。風にたなびく髪が羽のようだった。目は海面を見つめたまま動かない。海を渡る黒い鳥みたいだと思った。

なにも話しかけてくれないので、また海を見つめる。

船が白い水しぶきをたてている。しぶきは風にまかれて細かく散って飛んでいく。その中でなにかがゆらめいた。眉のあいだにぎゅっと力をこめて目をこらす。

透明な色の重なりがうっすら見えた。しぶきをまたいで浮かんでいる。「あ」と声がでた。

女の子がこちらを見た。「にじ！」と私は叫んだ。自分でもびっくりするくらいの大きな声だった。女の子がかすかに目を細める。笑ったのか。船が揺れて視界がぶれた。しぶきの中の虹は消えかけては、またあらわれる。

「すごい」と言うと、女の子はちいさくうなずいて海に身を乗りだした。髪がぶわっと舞いあがる。

ふたつに結んだ自分の髪もほどきたくなった。お気に入りのヘアゴムを外そうとすると、船が急に曲がった。よろけた私の体を女の子が支えてくれる。

船はスピードを落とすと、島のひとつに向かっていった。海に低いコンクリートの壁のようなものが突きでている。そこをまわり込み、黄色っぽい土の浜に近づいていく。浜には網を積んだ小さな船や茶色い壺《つぼ》があったが、人はいなかった。

木の桟橋に船が停まる。板が渡され、腰の曲がったおじいさんが船から下りていく。祖母が船室からでてきて「なにしよん？ 寒いじゃろう」と手をひいた。私の行く島はここではないようだ。

祖母の手は温かかった。自分の体が冷えていることに気づく。肌も服もべたべたとしていて、手の甲を舐《な》めるとしょっぱかった。

女の子はいつのまにか船の一番後ろに移動して、私たちに背を向けていた。じっと動かず、ふり返ってくれそうもない。

音をたてて板が外され、船が動きだした。私は仕方なく、船室に降りると祖母の横に座った。

目の裏で、さっき見た小さな虹が光っていた。陽に焼けたのか、頬がかすかにひりひりする。風が頭の中を洗ってしまったようでなにも考えられず、揺られているうちに眠ってしまった。

どるん、と大きな音がして、まわりの人が立ちあがる気配がした。いつの間にか、船が停まっていた。祖母にうながされ、立ちあがる。

船を下りてふり返ると、対岸に木々におおわれた丸い島が見えた。こんもりとした緑の端に、赤い鳥居が建っている。こっちの島とは、車も渡れそうな大きな橋でつながっていた。橋は祖母がくれたみかんと同じ色をしていた。幼稚園の遊具のようなつるりとした橋は、景色からちょっと浮いていた。

橋のほうへ、小さな人影が走っていく。大きすぎる上着で、さっき一緒に虹を見た子だとわかった。目で追っていると、祖母が「桐生《きりゅう》さんとこの」と言った。

「あっちの島の子?」

「ほうよ」

心なしか残念に感じた。ちょっとそっけない子だったけれど、友達になれるかもしれなかったのに。

足が速い。島と島のあいだの橋を、女の子は走っていく。海を見つめていた横顔を思いだす。

「なにしてたのかな」

「わからんね」と祖母は歩きだした。「いなげな子じゃけえ」

あ、と思った。さっき船に乗る前に祖母に言われた言葉と同じだった。あんまりいい感じはしなかった。同じ顔をして、母がよく祖母のことを「ホシュテキ」だと文句を言っていた。どちらも、自分たちとは違う、そう線をひくような言葉な気がした。

もう暮れる、というようなことを祖母が早口で言った。夜に「ヨリアイ」があるらしく急いでいるようだった。

海を見ると、さきほどまでのまぶしさがなくなっていた。乗ってきた船はすでに桟橋になく、遠くで掌《てのひら》くらいの大きさになっている。向かいの島は黒々とした重い緑色に変わりはじめ、もう橋に女の子の姿はなかった。


船着き場から道路を挟んで、数軒の土産物屋と旅館が並んでいる。その先の曲がり角に、石の塔みたいなものがあって、石塀が続く。歩いていくと、奥に商店街があらわれる。

商店街といっても、「とまり商店街」と書かれているアーチ状の看板は錆びて傾いているし、アーケードもなく、店がぽつぽつとあるだけ。びっくりするくらい人がいない。江戸時代からある古い港町なのだと祖母は言うけれど、閉まっている店のほうが多いし、店先の品物のほとんどは色褪《あ》せていて欲しいものがなにもない。

肉屋の角を曲がると、また石塀に囲まれた細い道が延び、瓦《かわら》屋根の大きな家が集まっている。その中のひとつが祖父の家だ。恐竜図鑑にでてきそうな南国の植物が塀の上から飛びでていた。

空き家には入ってはいけないと注意を受けたが、道の途中で見えた半分崩れかけた家はお化け屋敷のようですごく怖かった。どの家の裏庭にも井戸があって、そこも危ないから近づいてはいけないと言われた。去年観た、井戸から長い髪の霊がでてくるホラー映画を思いだして震えあがった。

祖父は軽トラックで帰ってきた。みかんやレモンを育てていて、畑は島の反対側にあるらしい。明日連れていってやると、大きな声で言い、軍手を外し、私の頭を撫でた。岩みたいにかたい手だった。祖母は祖父が帰ってくると、あまり喋《しゃべ》らなくなった。言われるがまま茶を淹《い》れ、風呂の用意をする。声もなんとなく小さくなっていた。

二人とも、父と母のことは話さなかった。地図をひろげて、島や私の通う学校の説明をしてくれた。彼らは自分たちの島のことは、島とつけずに「香口《こうぐち》」と呼んだ。

小学校はひとつだけだと言った。「隣の島の子は?」と聞くと、祖父は「亀島《かめしま》にゃ子はおらんで」と音をたてて茶をすすった。「あそこは畑もできんし、香口の人間はおらん。外のもんの別荘なんかがあるだけじゃ」薄い皮の饅頭《まんじゅう》を「食べ、食べ」としきりに勧めてくる。

祖母が台所からこちらを見た。「ほれ、桐生さんとこの」と小声で言う。「おう」と祖父が禿《は》げた頭を打った。「平蔵《へいぞう》と大違いの、かんぼうったれの子がおったのう」

またわからない言葉。「なに?」と言っても、祖父は目を見ひらいて「あっこの島には昔、人食い亀がおってな」と私をおどかそうとしてきた。そんな子供だましの昔話より、どんどん暗くなっていく近所のほうが怖かった。廊下の奥にあるトイレの窓からは、空き家だという隣の荒れた庭が見えて、日が暮れると黒く塗ったように真っ暗になった。夜に一人でトイレに行ける気がしない。

せめて携帯電話を充電しておこうと思った。家に入ってからはずっと「圏外」の表示になっていたけれど。コンセントの場所を聞くと、「そんなもん子供に持たしよって」と祖父が低い声で言った。

「外に持ってらいかんけい」

「でも……お母さんがなにかあったときにって……」

「いかん」

祖父は立ちあがると「風呂」と廊下へでていってしまった。空気が急にかたくなって、息がしにくくなった。

充電コードを持ったまま動けなくなっている私のそばに祖母がやってきて、「誰も持ってないけえ」とつぶやいた。饅頭の包みを持って、さっと台所へ戻っていく。することもなく茶をすすると、青くさい匂いがした。


商店街には大きな屋敷が八つあると祖母が話してくれた。八籠《やっかご》と呼ばれていて、船が帆をかけていた頃は繁昌していたそうだ。八籠は宿をかねた商家で、風や汐《しお》を待つ船乗りたちが泊まっていた。いまは三つの家しか残っていないけれど、空いた屋敷は村で使っていて、今晩はそのうちのひとつで、寄合という月に一度の集まりがあると言う。

暗くなると、祖母と祖父は私を連れて家をでた。祖母の風呂敷包みからは酢飯の匂いがした。引き戸に鍵《かぎ》をかけないことに驚いたが、どこの家もそうらしい。

ぽつんぽつんと立つ電信柱の薄暗い灯りでは足元が見えにくく、商店街に着くまでに私は何度も転びかけた。風が吹くたび、草木がざわざわして、心臓がはやくなった。山のほうにはシシがでる、と祖父が言った。「ここのシシはみかんを食っとるからうまいんじゃ」と罠《わな》で山の生き物を獲る方法を楽しげに話す。シシが猪《いのしし》のことだとようやくわかった頃、商店街の中の屋敷に着いた。人の笑い声が道までもれてくる。

中に入ると、広い土間があった。天井が高く、太い梁《はり》の奥は暗くて見えない。すのこ板のまわりにたくさんの靴がばらばらに置いてある。祖父はさっさと板の間にあがった。祖母が祖父の靴をそろえて隅に置く。

「葉ちゃんはこっちじゃ」と私を手招きして、暗がりのほうへ行く。湿った土の匂いがする冷たい空気が流れてくる。テレビの時代劇で見るようなかまどの横を過ぎると、蛍光灯の白っぽい光が目をさした。大きな台所があって、祖母のような割烹着《かっぽうぎ》を着たおばあさんやエプロン姿の女の人がいた。みんないっせいにこちらを見る。

「おや、松戸《まつど》さんとこの」

「あら、かわいい。名前は？」

「洋子ちゃんはどこじゃ」

「よう似とるのう」

聞き取れる言葉もあったが、祖母のような話し方の人もいた。けれど、みんなが一度に口をひらいたのでぜんぶが混ざってしまい、「葉です」と頭を下げることしかできなかった。大人しそうだとか、お洒落《しやれ》だねえ、といった声が聞こえた。じろじろ見られて、恥ずかしくなる。

祖母が私の背中を押して靴を脱ぐよう耳元で言う。廊下を挟んで畳の広間があった。襖《ふすま》が抜いてあって、すごく広い。台所に近いところで子供たちがかたまりになっていた。「まぜてもらうんじゃ」と祖母は勝手なことを言い、台所へ行ってしまった。

広間に入り、子供たちの一群にそっと近づく。女の子ばかりで七、八人いる。年齢はばらばらのようで、妹らしき幼い子と手をつないでいる子もいた。船で会った女の子はいないようだ。

「東京からきたんじゃろ」

髪の短い子が話しかけてきた。ちょっと前歯がでている。子供も年寄りみたいな話し方をするんだとがっかりしながらうなずく。

「そのパーカーかわええのう」と横から手が伸びてきて、私のフードのぽんぽんのついた紐を触った。「スカートもお菓子の柄じゃ」スカートにプリントされたショートケーキやキャンディーを小さな子がひっぱって取ろうとしている。

嫌だな、と顔にでそうになる。買ってもらったばかりの内ボアの白いパーカーだ。汚されたくない。

祖母は台所の女の人たちと楽しそうに喋っていてこちらをまったく見ない。祖父の姿を探す。広間の奥であぐらをかいて酒を注がれている。もうほんのりと顔が赤い。その後ろに神棚が見えた。近づこうとして、あれっと思った。

広間は二つの畳の部屋がつながっていて、奥の神棚がある部屋には男の人しかいない。ときどき女の人が入っていくが、座らず、皿やコップやビール瓶を置いてはすぐに戻ってくる。男の子たちは自由に走りまわっているが、女の子たちはこっちの部屋から動かない。

部屋と部屋とのあいだに、見えない線が引かれているみたいだった。

「食べ」と女の人にうながされ、低い長テーブルの前に座るが、こちらの部屋の長テーブルには食べ物はあっても酒はない。座布団もない。祖母たちはほとんど座らずに、台所と広間をいったりきたりしている。

祖父たちは座ったきり動かず、大声で話したり笑ったりしていた。みかんの名前の「香姫」と「橋」という単語が何度も聞こえてくる。すぐに、「橋」とは船着き場から見えたみかん色の橋のことではなく、本州から四国まで島と島をつなげる新しい橋のことだとわかった。もうすぐ開通するようだった。「観光客を」と誰かが言った。香姫を使ってなにか作れないか考えているようだった。

ぼんやり話を聞いていると、背中にどんと衝撃があった。男の子が「いってえ！」と大げさに畳に転がる。

「ごめんなさい」

私のせいではない気がしたが謝ると、まわりの女の子たちが「あんたが悪いんじゃろー」と男の子を責めた。男の子はにやにやして「なんじゃ、なんじゃ」と立ちあがると、私の頭を指した。

「こいつ、頭にパンツ巻いとる！」

他の男の子が噴きだして、「ほんまじゃ」「パンツ！　パンツ！」といっせいに笑う。わけがわからず頭が真っ白になる。そろそろと髪に手をやる。お気に入りのヘアゴムに指が触れると、「パンツ！」の声が大きくなった。

これか。ふたつに結んだ髪の、両方のヘアゴムをつかんで取る。手にぎゅっと握ってうつむいていると、後ろを誰かがすべるように歩いていく気配がした。

「邪魔」と声が響く。低いけれど、はっきりと通る声だった。

男の子たちが黙り込む。つまらなくなったのか、どすどすと足音をたてて行ってしまった。

ほっとして顔をあげる。同じ長テーブルの離れたところに、船で会った女の子が座った。大きすぎるウィンドブレーカーを着たままだ。エプロン姿の女の人が皿を渡す。女の子は軽く頭を下げると、大皿の巻き寿司《ずし》やフライをひょいひょいと箸《はし》で取って食べはじめた。こっちを少しも見ない。私のまわりの女の子たちも彼女がいないような顔をしている。

「相手にせんで正解よ、あいつらアホじゃけえ」

一番年上っぽい女の子が言った。みんながうなずく。

「でも、ちょっとパンツ言うのもわかるのう」

目の細い子が笑って、「見してな」と手を伸ばしてきた。ピンクの水玉のほうを渡す。

「好きな布にゴムを通してくしゅくしゅってすればできるよ」

母と作ったものだった。「かわいい」という声と「パンツは嫌じゃわ」という苦笑がいりまじる。「でも、こんなん腕に巻いてるんを雑誌で見たことあるで」と年上っぽい子が言って私に返してくれた。

どうでもいいと思った。からかわれるのも、話題にされるのも嫌で、ヘアゴムを手首に通しパーカーの袖《そで》で隠した。早く食べて帰ってしまおう、と近くの大皿からおかずを取る。

隣に座った前歯のでている子が「なあなあ、海で泳いだことある?」と聞いてきた。

首を横にふる。口に入れたタコの刺身が嚙《か》みきれなくて返事ができない。

「東京の子は泳げんじゃろ」

誰かが笑いながら言う。プールで泳いだことはあったが、めんどうくさくて、うなずく。

「うちが教えちゃるけえ」

前歯のでている子は、鼻の穴をちょっとふくらませて得意そうにしている。

別に海で泳ぎたくなんかない。あんなに広いのだから、泳いだってどこへもいけない。だから、船や橋があるんじゃないのか。

どうせ三ヶ月だ。夏までなんだし泳ぎを覚える必要なんかない。そう心の中でつぶやいて、携帯電話を思いだした。確か、母が夜に電話すると言っていた。

テーブルの下でそっと見る。一瞬、一本だけ電波をしめす棒がたって、またすぐに圏外になった。がっかりしていると、「あ!」と隣の子が声をあげた。

「携帯電話、持っとる!」

すごい、すごい、とざわめきがひろがる。

「うちのいとこ、持っとるよ」

「大学生じゃろ」

「さすが東京の子じゃのう」

見せて、と伸びてくる手にぶんぶんと首を横にふった。「これはお母さんのだから」と嘘をつく。手を後ろにまわして隠そうとしたら、ぱっと感触が消えた。

「イエー、ゲット！」

大声で叫んで、だだだだっと男の子が走っていく。さあっと血の気がひいた。立ちあがって追いかけようとしたが、奥の部屋の手前で足が止まった。座布団にあぐらをかいた男の人たちが赤い顔でじろっと見てくる。敷居の向こうに女性はいない。酔った男の人たちは目が血走っていてなんだか怖い。男の子たちは奥の部屋で「パス、パス」と携帯電話を投げ合っている。「返して」と言っても無視される。男の人の一人がうるさそうに私を見てなにか言った。慌てて戻る。男の子たちのせせら笑いが背中に刺さった。

「おばあちゃん」と台所へ飛び込む。

知らない女の人に「ほいじゃ、これ運んでなあ」と唐揚げとレモンの皿を渡される。「おばあちゃん、携帯電話が」と叫ぶと、「いけん言うたじゃろ」と小さくため息をつかれた。「でも……」といううめき声が喉の奥でつぶれる。

油の匂いのする皿をテーブルに置いて、元の場所に座る。女の子たちが心配そうに目を向けてきたが、なにか言ったらそのまま泣いてしまいそうだった。台所にいた女の人たちがやってきて部屋がぎゅうぎゅうになる。これでは通れない。熱気がこもって、奥の部屋の男の人たちはますます声が大きくなっていく。

「後でなあ」と、隣の前歯のでた子が慰めるように言う。

「しゃあないよ、男子はアホじゃけえ」

他の子も同じことをくり返す。けれど、その声には目立つものを持ってきた私が悪いのだと責める感じがあった。わかっている。おとなしくしておくべきだった。

みんな楽しそうに飲んだり食べたりしていた。女の子たちも喋らなくなってしまった私に飽きて、知らない話ではしゃいでいた。私はじっと身をかたくして、男の子たちが携帯電話を返してくれるのを待った。

こちらの部屋のテーブルと奥の部屋のテーブルは長くつながっていて、私の携帯電話を取ったと思われる男の子が神棚近くに座っているのが遠くに見えた。体の大きな男の人の横でおにぎりを食べている。私があっちに行けないのを知っているようだった。ちらっと目が合うと、目をむいて変な顔をしてくる。顎に米粒がついていて、汚い、と思った。あんな子に母からもらった携帯電話を触られるなんて。

どうしよう、どうしようと考えるうちに時間が経っていった。早く帰りたくても、携帯電話を置いていくわけにはいかない。終わりまで待って、片付けをするふりをして祖父に取り返してもらうよう頼むしかない。でも、夕方に「いかん」と強い口調で言われたことが気にかかる。だめかもしれない。

目の前の食い散らかされたちらし寿司の桶《おけ》がじわっとぼやけた。

息をそろそろと吐く。

泣きたくないのに、もう我慢ができない。

そのとき、ばんっと視界が上下に揺れた。驚いて、顔をあげる。

みんな同じ顔をしていた。馬鹿みたいに口をぽかんとあけて、箸を持ったり、グラスをかかげたりしたまま、同じものを見ていた。

髪をなびかせて女の子がテーブルを走っていく。皿が飛び、酒瓶が倒れた。それなのに、まったく音がしなかった。大きすぎる彼女の上着がふくらんで、細い脚がテーブルの上を駆けていくのを、ただ見つめていた。

それは、本当に一瞬のことで、テーブルの奥にいた男の子は骨つきチキンを持ったまま彼女に蹴《け》られた。襟首《えりくび》を掴《つか》まれ、引き起こされ、平手をはられた。まるで柏手《かしわで》のような見事な音が響いた。

その音ではっとみんなが我に返った。

「なにしよんじゃあ！」と誰かが吠え、大騒ぎになった。

男の子はひっぱたかれた頰を押さえて呆然《ぼうぜん》としていたが、畳に落ちた食べかけのチキンを見て、火がついたように泣きはじめた。

「女にぶたれて泣くな！」と横の大きな男の人が怒鳴った。

幼い女の子がひゅっと喉をならして、しくしくと泣きだす。倒れた瓶からビールが流れ、滝のように畳にこぼれる。女の人は台所に布巾《ふきん》を取りに走り、男の人がぎこちない動きでぐちゃぐちゃになったテーブルの上を片付ける。酒をあびた上着を脱いだはずみにまたなにかを倒したり、人にぶつかったりする。

騒ぎの中、女の子の姿だけがなかった。

土間のほうへ走り抜けていった姿を見た。

気がついたら立ちあがっていた。薄暗い板の間にでて、土間に飛び降りる。靴下ごしにひやっとした地面の感触が伝わってくる。

重い木の戸が、子供が通れるくらいの幅で開いていた。外にでると商店街をさっと影が横切った。追いかける。影は肉屋を曲がった。

「待って！」と叫んで暗い道に入ると、なにかに思いきりぶつかった。ふらついて石塀に手をかける。砂と小石がてのひらで崩れ、暗闇に埃《ほこり》っぽい匂いがただよった。

かさりとウィンドブレーカーがこすれる乾いた音がした。

「これ」と目の前に銀色の機械が差しだされたのが、うっすら見えた。

「松戸さんのポストに入れておくつもりだった」

温度のない、たんたんとした声だった。いつの間に携帯電話を取ったのだろう。お礼を言うべきなんだろうか。でも、どうしてこんなことをしてくれたんだろう。

聞きたいことはいっぱいあって、女の子の顔もよく見えなくて、携帯電話が無事なのかも気になった。なのに、私は差しだされたそれを手に取れず、暗闇でじっと目をこらすだけだった。

「……松戸じゃなくて」

声がもれた。

「葉。桑田《くわた》葉」

「よう」

女の子がつぶやいた。さっき人を蹴って叩《たた》いたとは思えない、穏やかな声だった。

「葉っぱの、葉」

そう言うと、「わかった」と返ってきた。わかった。その言葉を胸の中でくり返す。

商店街のほうから人の声がした。さっと女の子の体が動く。私の手首をつかんで走りだす。

彼女の髪が私の顔にかかってくしゃみがでた。ぐい、と手首を握る手に力が入って、走るスピードがあがった。

暗い細道を何度も曲がった。空き家の庭を横切り、茂みに突っ込み、石に足をとられながら走った。転ばないようにするのに必死で、怖さは感じなかった。どこをどう走ったのか、気がつくと車道にでていた。

女の子は走るのをやめて、手を離すと車道にそって歩きだした。街灯の光がぽつんぽつんとコンクリートの道路に落ちている。片側は山で、車道の向こうは海のようだった。波の音が聞こえた。

岩の突きでた崖《がけ》を曲がる。雲が動き、月がのぞいた。道の先に海岸が見えた。砂浜が白く光っている。女の子が、いこう、というように指をさす。

うなずいて、足の痛みを感じた。見ると、左足は靴下が半分脱げて、右足の靴下には穴があいて親指が突きでている。靴下は土でごわごわに汚れて枯葉や蔦《つた》がからまっている。女の子がふり返る。私の足を見て、目を丸くした。「ごめん」と唇が動く。

ぶっと噴きだしてしまった。あんな騒ぎを起こしても平気な顔をしていたのに、いまさら驚いた顔をするのがおかしくて、足の痛みがどこかへ飛んでいった。笑い転げる私を見て、女の子は困ったように首を傾《かし》げて、自分のスニーカーを片方脱いだ。携帯電話と一緒に渡してくる。「でも」と言うと、「いいから」と片方の靴で歩きだした。無口だ。そして、人を笑わない子なのだと思った。なんだか息が苦しくなる。携帯電話を見ると、電波の棒が二本たっていた。

「やった、電波が戻った」

女の子がこちらを見る。

「新しい橋の近くだからかな。まだ工事中だけど」

そう言って彼女が見た先には、青白く発光する橋があった。山の上から、光そのものみたいに夜を裂いて伸びている。東京で見ていた高層ビルのライトやイルミネーションと同じひんやりした色をしていた。こんなにも強い光だったなんて知らなかった。

足が砂に埋まる。いつの間にか、浜辺まで来ていた。新しい橋から目をそらし、海を見て歩く。海は真っ黒だった。ゆっくりと波の音が響く。大きな生き物が動くような音。

「凪いでいる」と女の子がつぶやく。背中にたれた長い髪は、夜と海と同じように真っ黒で、ときどき月の光をぬるっとうつした。

暗い海の向こうで小さな赤い光が点滅した。

「あれは灯台」

そう言う女の子の発音が他の子と違うことに気がついた。

「この島の子じゃないの？」

「隣の亀島にじいちゃんと住んでいる」

女の子は木の枝を拾って、砂浜に字を書いた。月があかるいのでよく見える。

「真……」

ひとつめの漢字しか読めない。

「真以《まい》」と静かな声が言った。砂の字をスニーカーのほうの足で消す。

「桐生真以。じいちゃんは平蔵。亀島は別荘がいっぱいあるから管理人をしている。めずらしい灯台があるみたいで、ときどき人もくる」

「みかんは作ってないの？」

「亀島はだめらしい。神様の島だから土を掘ったり、埋めたりしてはいけないんだって。だから、墓もない。死んだら海に流す」

真以はまっすぐに海を見つめた。

「なんかきれいだね」

「そう？」

私を見る。黒い目だった。みんな黒い目をしているのに、彼女の目だけはやけに黒いと感じる。まだ言葉を話さない赤ちゃんみたいだ。じっと吸い込むように見つめてくる。

「きれいかな？」

「きれいじゃない？」と聞き返して、「きれいだと思う」と言い直した。

「遊びにくる？」と、真以は私を見つめたまま言った。

「いきたい」

不思議だった。自分の口からこんなにも迷いなく言葉がでてくるのが。指の先がじんじんと熱い。

「わかった」

真以はすっと目をそらした。

「約束しようか？」

「いい」

「どうして」

「約束するのは信じていないみたいだから」

そんなこと考えたこともなかった。私がぽかんとすると、真以はちょっとだけ笑った。

「でも、私、三ヶ月しかここにいないから」

そう言うと、「そうなんだ」とだけ返ってきた。ちょっと寂しくなる。会ったばかりだというのに残念がって欲しい気持ちがあった。

「うん、七月まで。ノストラダムスの大予言って、知ってる？　七月に恐怖の大王が世界を滅亡させるんだって。だから、それまでに東京に帰りたいなって。ねえ、信じる？」

前の学校で毎日のように噂になっていたことを話した。母にもそう言って早く迎えにきてとお願いしたのだった。真以は黙って聞いていたが、「世界が」とだけつぶやいた。信じるとも信じないとも言わない。その静かな顔を見ていると、なんだか恥ずかしくなった。私も信じていたわけではなかった。教室で仲間外れにならないために怖がるふりをして、母にまだ子供だと思われたくて泣いてみせたのだ。本当は、世界なんて大きなものは知らない。

「これ、約束の代わりに」と手首からヘアゴムを外した。お母さんと作った、と言いかけて、真以がおじいさんのことしか話さなかったのを思いだしてやめた。

「ありがとう」

真以は青いストライプのほうを選んで、髪をひとつにまとめた。真以の長い髪は結んでも尻尾《しっぽ》のように背中で揺れた。ざくざくと砂を踏んで歩いていく。けれど、離れすぎることはなく、少し先へいくとゆるやかに戻ってくる。

片方だけ靴下の足が砂に沈むのが気持ちよかった。真以もその感触を楽しんでいるのだと気づいて、笑いかけると笑い返してきた。

東京も、母のことも、ノストラダムスの大予言も、寄合での騒ぎも、ぜんぶが遠くなって、どうでもいいことのように思われた。この夜の感触こそが世界なのかもしれない。ふと、そんなことを思う。真以と目が合う。話したいことはあるのに、言葉にするとこの時間が壊れてしまいそうな気がして、二人で黙ってぐるぐると歩き続けた。

空が鳴り、雲が流れた。真以がふっと顔をあげた。

白いバンがこちらへ向かってやってくる。「どうしよう」と言いかけたとき、ポケットの携帯電話が高く鳴り響いた。ぴりりりと夜を裂くような高い音。いそいで通話ボタンを押す。

「葉ちゃん？」

母の声が聞こえた。ざらざらとかすれる。

真以の姿を探すと、砂浜を歩いていく後ろ姿が見えた。右と左で大きさの違う足跡がまっすぐに続いている。

道路に白いバンが停まって、ドアが開いた。真以が片手をあげて、ウィンドブレーカーがふくらんだ。重い風が海から吹いて、母の声をかき消した。

2

待っていたはずの母からの電話は、海風に乱れてうまく聞こえなかった。「なに？」と叫ぶように言うと、「ど……して、外……いるの!?」と尖った声が返ってきた。祖母は母になにも連絡していないようだとわかりほっとする。

「こ……な、夜に……海……でしょ！」

とぎれとぎれの怒り声がとどくが、自分に言われているような気がしない。ひとごとのように、母は海の音を知っているのだなと思った。真以の髪をかき乱す重い湿った風も、腹の底に響くような波の音も。

母の聞きとれない追及の声になんと返していいかわからず、スニーカーのほうの足で砂を掘る。いまになって、汚れた靴下がじっとりと重く感じられた。こんな姿を見たら母にもっと怒られるだろう。

真以は白いバンからでてきた人と話しているようだった。黒い大きな影が気になって、じりじりした。

「あとでかける！」

そう叫ぶと、母はすぐになにか言った。遠慮がちな声で、まったく聞きとれなかったけど、なにを言ったかはわかった。いつだって母は私より父が大事だ。だから、私はこんなところに追いやられている。

「じゃあ、いい！　おやすみなさい！」と怒鳴って電話を切り、真以のもとへと走った。

道路に近づくにつれ砂がかたくなっていって、石や木切れが足先にぶつかった。真以は背の高いがっしりした体の男の人といた。ごわごわした髭《ひげ》が街灯に白く光った。暗い緑のジャンパーに軍手をはめている。

「じいちゃん」と、うつむいた真以がつぶやいた。「ごめんなさい」

隣の島にじいちゃんと住んでいる、と言っていたことを思いだす。真以は泣きそうな顔をしていた。

「あ、あのっ」

声がうわずる。二人が私を見た。「わ、私が、ええと、真以ちゃんは私の携帯電話を取り返してくれて、だから、私のせいで……」頭がうまく働かない。「悪くないんです、真以ちゃんは」やっとそう口にすると、言葉が途切れてしまった。

「こんばんは」

男の人はゆっくりと言った。低い、静かな声だった。

「真以の祖父です。松戸さんのところのお孫さんですね」

「はい……」と首が勝手にうなずいていた。「桑田葉です、こんばんは」

真以のおじいさんは目をちょっと細めると、ニット帽を脱いで桐生平蔵と名乗った。白髪まじりの髪を後ろで束ねている。島の人たちと喋り方が違う。真以と一緒だ。東京の人みたいな言葉。子供に敬語を使ったり、ちゃんと自分の名を教えてくれたりする大人ははじめてでびっくりしてしまった。

「事情はわかったが」と真以を見る。「暴力はいけない」

真以は「だって……」と言いかけて、「謝りにいく」と唇を噛んだ。

「明日な」

おじいさんは真以の肩に手をおいた。私のあげたヘアゴムに一瞬目をやったが、なにも言わなかった。「さあ、乗りなさい」と私たちを車へと促す。

後ろは荷物があるからと、私は助手席に座らせられた。ちらっと暗い後部座席を見ると、真以は段ボール箱や大きくふくらんだ布袋のあいだに小さく収まっていた。車に乗る前にもう一度「ごめんなさい」と言ったきり黙ったままだ。

おじいさんはシートベルトを締めると「香口にはついたばかりと聞きましたが」と私を見た。

車の中は体育倉庫みたいな匂いがした。なんだか緊張してきて声がでず、うなずく。

「こうなったら少しばかり遅くなっても変わらないでしょうし、島を一周しましょうか」

ニット帽を被《かぶ》りなおし、ハンドルを握った。車は古いものなのか耳障りな音を何度かたてて、ガタガタと揺れながら発進した。

「この辺りのひらけた場所は、江戸時代から続く塩田だったんですよ」

「えんでん」

「塩を作っていました。塩の田んぼと書いて、塩田。香口は左右を大きな島に挟まれていて、西風と東風をふさぐ良い立地だったので、港は塩を運ぶ船でにぎわっていたそうです。とまり商店街の前の船着き場が港の跡地です。塩で栄えた島だったんですよ。いまは柑橘《かんきつ》ですけれど。もうすぐあの斜面にレモンやみかんの白い花が咲きます」

車の中がだんだん暖まってくる。穏やかな声はゆらりと眠気を誘った。ふいに、ずっと洟《はな》をすするような音がしてはっと目が覚める。後ろを見たが、真以の表情は暗くて見えない。窓の外の黒々とした海岸線を見つめているようだった。

「ずっとずっと昔には」とおじいさんがまた口をひらいた。「海賊がいたんですよ」

「海賊」

「はい、でも彼らは義賊でした」

ギゾクがなにかはわからなかったが、恐ろしいものではないのは知れた。

この海には何百と島があり、海賊たちは風と汐を操り自由自在に島から島へと渡った。あんな橋など彼らには必要なかったんです、とおじいさんは青白く発光する大きな橋を見上げながら言った。彼らは空と波を読み、夜は星を手がかりに、海の上の無数の道を駆けることができたのだから。

「道」

「はい、海の上にも道があるんですよ。見える人と見えない人がいますが」

「真以ちゃんみたい」

私が言うと、おじいさんが微笑んだ気配がした。

「海賊には勇敢な姫様がいたんですよ。亀島にいた人喰《く》い亀を退治したのもその姫様です。人身御供《ひとみごくう》を装って単身で小舟に乗って島に近づき、刀で亀の首を切り落としたのです。けれど、人喰い亀の呪いは強く、祟《たた》りで船が沈むようになったので、姫は巫女《みこ》になり人喰い亀を祀《まつ》りました」

「島のそばにあった赤い鳥居?」

そうです、とおじいさんはうなずいた。真以はなにも言わない。けれど、寝ていないのは気配でわかった。

「姫様は人喰い亀から逃げられなかったの?」

返事はなかった。ややあって「姫様は困った人々を見捨てられなかったんでしょうね」と静かな声が言った。真以みたい。また思ったが、なんとなく口にできなかった。おじいさんの目が夜の海のように暗く沈んで見えたから。その横顔は真以によく似ていた。

「島のまんなかの山に海賊の城址《しろあと》がありますよ。ああ、でも明日はかすみますね。雨が降った次の日に登るといいでしょう」

真以と登りたい、と思ったが、相変わらず後部座席はしんと沈黙していた。

造船所です、という説明を最後に眠ってしまった。車が右に左に揺れて、がくんと止まったかと思うと、冷たい空気が首筋を流れた。くしゃみがもれる。

がっしりした腕が私の体を持ちあげた。お父さん？　いや、父はこんなに強い力で私を支えてはくれない。私がどこで寝ていようと、父は自分のことでいっぱいで気がつかない。私は父の手の感触など知らない。でも、目は知っている。父の目はぞっとするほど冷たくて——

ひゅっと喉がつまる。息が苦しい。私を抱えていた人は動きを止めると、ぽんぽんと優しく背中を叩いてくれた。ふっと胸が楽になる。あたたかい空気で体が包まれる。

「葉ちゃあん」

良かった、良かったと、祖母の声がした。「うちのもんはもう床についてしまったけえ」と弁解するような声が聞こえる。

低い声がぼそぼそと応じ、体が運ばれるのがわかった。一瞬、黴《かび》臭い空気が鼻をくすぐり、ひんやりとした布団に寝かされた。すとん、と海より暗い闇が降りた。

はあはあという呼吸音で目が覚めた。まぶたが熱くてうまくあかない。自分の息が乱れているのだとわかったが体が起こせない。畳の部屋はがらんとして、隅のほうに背の低い机と私の荷物があった。見たことのない部屋。

どこ？　と不安になる。夜の波の音がよみがえって、すぐに、島にきたことを思いだす。

おでこに置かれたタオルがずれて片目を覆う。べっちゃりとぬるくて気持ちが悪い。

耳を澄ますと、遠くで誰かが喋るのが聞こえた。女の人たちの声だった。しばらく待ったが途切れることなく続くので、「おばあちゃーん」と声をあげた。体のあちこちが熱く痛んで、喉の渇きが限界だった。

そのとき、みしっと廊下が鳴った。襖の隙間に祖父の顔が見えた。首に手拭《てぬぐ》いを巻き、麦藁《むぎわら》帽子で顔の半分が影になっている。祖父は私を見下ろすと、「ばあさん！　もう昼時じゃ！」と怒鳴った。お喋りがぴたりと止む。

「都会の子はやわじゃのう」

祖父は吐き捨てるように言うと、みしみしと廊下を去っていった。

私は二晩、寝込んで、三日目に熱が下がった。けれど、布団をでられずにいた。

「お友達がきとるでえ」と言われて慌てて起きあがったが、屋敷で会った女の子たちだった。誰の名前も覚えていない。広間で隣にいた前歯のでている子が同じ学年らしく、明後日《あさって》からはじまる新学期は一緒に学校に行こうと誘ってきた。各学年、一クラスずつしかないらしい。ヒロミちゃんと呼ばれるその子に「真以ちゃんも同じクラスだよね」と聞いた。

「真以ちゃん」と変な顔をされる。

「ああ、桐生さん、あの子も同じ学年じゃけど」

口の端で笑いながらヒロミちゃんは「のう」とまわりに同意を求めるように目配せした。みんな急に大人しくなってうなずき合う。

「関わらんほうがええよ」

一番背の高い年上の子が言った。

「こないだ見たじゃろう、すぐとんでもないことやらかすんじゃ」

私があの晩、真以と一緒にいたことは知らないようだった。

「笑わんしのう」

「泣きもせん」

「感情がないんじゃ」

「そのくせすぐに手がでよる。鬼っ子じゃと大人が言うとった」

女の子たちは口々に真以の悪口を言った。男の子を椅子で殴って縫うほどの怪我を負わせたとか、先生の手に嚙みついたとか、注意しても聞く耳を持たないとか、悪い話はいくらでもでた。本当かどうかわからない話もあったが、真以が理由もなくそんなことをしたわけじゃない気がした。真以は私の携帯電話を取り返してくれた。「でも」と私が口をひらいた瞬間、誰かが言った。

「まあ、育ちが育ちじゃけえ」

みんなが黙る。「なに?」と見まわしても、べったりした嫌な笑みを浮かべるだけで誰も教えてくれない。

「松戸さんも気をつけえ」とヒロミちゃんがなれなれしい口調で笑いかけてくる。

「私、桑田だから」と即座に言うと、ちょっと場がしんとした。誰かが「そのカーディガンかわええのう」と私を指さし、またすぐに思い思いのことを喋りはじめた。

遊びにいこうという誘いを、まだ具合が悪いと断って、布団を敷きっぱなしの部屋へ戻った。携帯電話を見ると、一時間しか経っていなかった。ずっと圏外のままで、時間を見る以外の役にたたない。祖父母の家の電話に母からの連絡がきた気配はなかった。母は私が風邪で寝込んだのも知らないんじゃないだろうか。ため息がもれる。

あの晩、真以が貸してくれた片方だけのスニーカーは玄関の床にぽつんとあった。それを私は部屋に持ち込んで、新聞紙を敷いて枕もとに置いた。昼間でもあちこちが暗い、古い家の空気は重苦しく、一人で布団に横になっているのは寂しかった。でも、このスニーカーがあれば自由にどこへでも行けるような気がした。目をつぶり、砂浜を走る姿を想像した。真以の細い脚は砂浜から海へと飛びだし、波を越えて駆けた。海の道を。

かすかに廊下で気配がした。ときどき、祖母が心配そうに部屋をのぞいていく。私は気づいていないふりをする。祖父は昼間は畑にでていて、昼ごはんと午後の茶の時間だけ帰ってくるが声をかけてはこない。私への興味は失われたようだ。

熱にうかされているとき、襖の向こうから私を見下ろした目を見て、祖父にがっかりされたのだとわかった。私も横たわる父に同じ目を向けたことがあったからよくわかる。島に着いて早々に面倒を起こし、寝込んで、うんざりしたのだろう。自分にとってなんの得にもならない存在。きっと、そう思ったのだ。夜にトイレに起きたとき、私が父によく似ている、と晩酌をしながら祖母に話している声を聞いた。その口調は真以の悪口を言う女の子たちみたいだった。祖父は最後まで、父と母の結婚に反対していたと、親戚《しんせき》の誰かから聞いたのを思いだした。

かかとの少しすり減ったスニーカーをじっと見つめながら待った。けれど、学校がはじまるまで真以の姿を見ることはなかった。

新学期の朝、私は早起きをした。居間のちゃぶ台には祖母の用意してくれた朝ごはんがあった。「葉ちゃん、早いのう」と祖母が味噌《みそ》汁をついでくれる。祖父はもう畑にでていて家におらず、私はほっとしながら焼き魚の身を箸の先でほじくった。魚の食べ方が汚い、と見るたびに怒られるのだ。祖母は祖父のいないところでは見かねて骨を取ってくれる。でも「東京の子は魚も満足に食べれんのじゃのう」と嫌味を言われるので、だんだん魚が嫌いになってきていた。

商店街を抜けて、祖母が見送っていないのを確認すると船着き場へと向かった。時間はまだ早いはずなのに、船着き場の漁船はほとんど海にでていた。朝の透明な光が波で散って、まぶしく目をさす。天気は良かったが、遠くの空は白っぽくかすんでいて、海と空の境目がぼやけていた。緑でこんもりした向かいの島の、鳥居の赤だけがくっきりしていた。根元が海に沈んでいる。

目をこらしたが、向かいの島に人の姿らしきものは見えない。みかん色の橋を目指して歩きだした。ちょっと鼓動が速くなる。

橋を渡る手前でこちらへ向かってくる人影が見えた。大きすぎるウィンドブレーカーに細い脚。髪はまたおろしっぱなしだった。

手をふる。真以は一瞬足を止め、それから小走りでやってきた。橋の上で向かい合う。海の上のまっすぐな道には私たちの他に誰もいない。

「おはよう」と言うと、真以は目を細めてちょっとうなずいた。

「これ、靴、ありがとう。この袋もあげる」

雑誌についていていた筒形の布袋を渡しても「うん」としか言わない。喜んでくれるかと思っていたので言葉につまる。

どうして会いにきてくれなかったの。

言ってもいいものか悩んで真以を見ると、眉間《みけん》に小さく皺《しわ》を寄せて、困ったような、なにかを我慢するような顔をしていた。そのぎこちない表情を見て気づく。

真以は私を待っていたんだ。私が亀島に「いきたい」と言ったから。

「ごめん」と声をあげる。「風邪ひいて寝込んでいて」

「そうなんだ」と真以の顔がゆるんだ。笑いはしなかったけれど、ちゃんと表情はある。みんなの言うような子じゃない。

「一緒に学校いこう。同じクラスだよ」

「わたしたち、同じ歳なの？」と真以が私を見る。

「うん、そうみたい。ずっとそうじゃないかって思ってた」

「どうして」と不思議そうな顔をする。

「だって靴のサイズが同じだったもの」

少し間をあけて、ふ、と真以が笑った。髪が風にまかれて舞いあがる。気にする様子もなく真以はすっと片手をあげた。

「手は」

真以の黒い目が私を映していた。引き寄せられるように、そっと左手をあげる。

ひたっと指からてのひらがくっつく。合わせた手と手はぴったりと同じだった。なんだか不思議な感じがした。触れた部分からあたたかいものが流れ込んできて、心臓がばくばくと速くなり体に力がみなぎる。自分たちを取り巻く、海や、空や、世界のぜんぶが、見渡せるような気がした。

「おんなじ」

笑いだしたくなるようなこそばゆさをこらえて言うと、真以もちょっと笑った。

ぼおーと大きな音が橋を揺らした。橋の下を黒っぽい大きな船が通っていくところだった。欄干《らんかん》にとまっていた海鳥が白い羽をはばたかせて飛びたった。

「行こう」と真以が言って、ふいに手が離れた。

冷たい風がてのひらを撫でる。やわらかい感触が消えてしまわないように、スカートのポケットに左手を突っ込んで真以の後を追いかけた。

私の学年は十三人しか生徒がいなかった。校舎の三分の二は空き教室で、廊下はやけに長く感じられた。私のことは自己紹介をするまでもなく子供たちに知られていて、島の外からきたという若い女性の先生だけが「あら、東京からなの」と嬉《うれ》しそうにしていた。

運悪く、私の携帯電話を取った男の子も同じクラスだったが、真以が怖いのか目が合うとさっとそらされた。休み時間になると、寄合のときのように男の子と女の子は二つのかたまりに分かれた。真以はそのどちらの集団にも属さず、自分の机で本を読んでいた。女の子たちが「その袋ええのう」「どこのじゃ」と話しかけても「もらった」とだけ答えて、すぐに本に戻ってしまう。

なんとなく話しかけづらく、自分の席から眺めていたら、真以はふらっと教室をでていってしまった。次の休み時間に「どこいってたの?」と聞くと、なぜそんなことを尋ねるのかわからないといった顔で「トイレ」と答えた。前の学校では仲の良い子たちと一緒にトイレに行っていたので少し驚いた。「まだ場所がよくわからないから教えて」と言うと連れていってくれたが、お昼ごはんの後、歯磨きを終えて教室に戻ると真以の姿は消えていた。

嫌われているのかと不安になった。親しくなったつもりでいたのは私だけだったのか。

することもなく自分の机にいると、ヒロミちゃんたちが私をちらちら見て笑った。だから忠告したのに、と目が言っていた。付録の袋をあげたこともなんだか恥ずかしくなった。孤立してしまうのかもしれない、と急に怖くなってくる。男の子が後ろを走っていって、体がびくっと飛びあがる。

じっとしていられなくて上履きのまま校庭へでた。鉄棒の向こうに青緑色の海が見えた。朝より遠くがよく見えて、海の向こうに森のような島々がぽつぽつとあるのもわかった。新しい橋は昼間に見ると真っ白で、ずっとずっとずっと先の島まで続いていた。

すっと誰かが横にきた。真以かと思ったが、母のような粉っぽい化粧品の匂いがした。

「海ってずっと見ちゃうよね」

担任の女の先生が言った。「木村《きむら》先生」と覚えたばかりの名前を口にする。

「先生がここにきたのは二年前なんだけど、はじめましての挨拶のときに、こんな景色の良いところで嬉しいですって言ったの。そしたら、きょとんとされちゃって」

困ったように笑う横顔を見上げる。

「みんな生まれたときから見てるもんね。海に見とれるのはよそからきた人だけだって、後で他の先生に言われたわ」

「そうなんですか」と言いながら、高速船の甲板に立つ真以の黒い目を思いだした。一人で身じろぎもせず海を見つめていた。もしかしたら真以も私と同じように祖父の家に預けられているのかもしれないとようやく気づく。

「真以ちゃ……桐生さんはここの子じゃないんですか？」

先生は「うーん」と喉で言いながら首を傾げ、「桐生さんとお友達になったの？」と聞き返してきた。

「たぶん」

声が小さくなってしまう。木村先生の手が励ますように私の背中に触れた。

「じゃあ、自分で聞かないと。人からの話は色がついちゃうから」

「色？」

「うん」と木村先生は両手をあげて伸びをした。背が高い。

「でもね、本当に仲良くなりたかったら、聞きづらいなって思うことは、相手が話してくれるまで聞かないほうがいいと思う」

「聞いちゃだめなんですか？」

「だめかどうかはその人しかわからないけど、桑田さんだって聞かれたくないことない？」

少し考えた。布団の中で丸まる父と面倒をみる母の姿が浮かぶ。教室からのはしゃぎ声が耳に届く。

「……あります」

「でしょう。でも、その聞かれたくないことって、たまに聞いて欲しいことになるときがあるの。そういうときに聞いてあげればいいんだと思う」

「それはいつですか？　どんなとき？」

木村先生は「焦らない焦らない」と笑った。

「そんなのわからないよ。そのときはこないかもしれないし、こないほうがその人にとっては幸せかもしれないんだから」

そっか、と地面にしゃがんだ。校庭はあまり使われていないのか、あちこちに雑草が生えていた。蟻が足元で動いている。土だけを見ていると東京と変わらなかった。埃っぽくて、ちょっとまだ寒い。向こうの学校のクラス替えがどうなったか気になった。二学期から行ってうまくグループに入れてもらえるだろうか、と不安になる。

「そばにいて、相手の気持ちを考えていたら見えてくるよ」

上から声が降ってきた。せんせーい、と誰かが呼んで、木村先生が「はーい」と応じる。

「わからないことがあったらなんでも言ってね」と言い残して去っていく。

しばらくしてから立ちあがると、校庭の端にある小屋の陰から細い脚が突きでているのが見えた。近づいてみる。

金網に覆われた空っぽの飼育小屋があった。真以は壁にもたれながら片膝をたてて座り込んでいた。日に焼けて茶色くなったカバーのない本を読んでいる。

「真以ちゃん」と声をかけると、顔をあげた。

「なんでこんなところにいるの？」と聞きかけて、木村先生に言われたことを思いだしてやめた。代わりに「私、真以ちゃんと一緒にいたい」と希望を伝えた。

真以はかすかに首を傾けた。はじめて人間を見た野生動物みたいな顔だと思った。

ぱちんと頭の中で弾けるようにわかった。

海を見慣れるように、一人でいることにも慣れるんだ。だから、真以は自分からは人に近づいていかないし、一人でトイレに行くのも休み時間を過ごすのも、彼女にとっては当たり前のことなのだ。

ぱたんと本をとじて、真以がまっすぐ私を見た。

「わかった」

生真面目な口調にちょっと笑ってしまう。変な子だなと思う。でも、嫌いじゃない。たぶん、嫌われてもいない。

「本は読んでて。ここにいていい?」

こくん、とうなずいて、また本をひらき文字に目を落とす。「本、うちにいっぱいあるんだ」と言う。今度こそ亀島に遊びにいこうと思った。

空っぽの飼育小屋の横はちょうど陽だまりができていて暖かかった。ぬるい空気がゆらゆらと揺れている。近くの茂みから猫がこちらをうかがっていた。立ちあがろうとするとさっと逃げた。

猫の日向《ひなた》ぼっこの場所を奪っておきながら、真以は知らん顔をして本を読み続けている。膝を抱えて息を吐いた。いま、私の居場所はここだけだと思った。

新しい橋が開通し、海側の斜面の段々畑に白い花が咲いた。風にのって甘酸っぱい香りが流れてくる。

「ようけあるみかんの中でも香姫の香りは格別じゃ」と祖父は誇らしげに言った。

五つのはなびらを持つ白い花は無数の小さな手のようで可愛らしく、長い登下校の時間もどことなく楽しい気分にさせてくれた。太陽は日増しにまぶしくなり、どんどん暖かくなって昼間は歩いているだけで汗ばんだ。

島の子たちは学校帰りにランドセルを投げだし、ぽんぽんと海に飛び込んだ。同じ海に見えても入っていい場所と危ない場所はしっかりと大人たちから教えられていて、どんなにやんちゃな男の子でもその言いつけだけは守っていた。特に香口島と亀島とのあいだは香口水道と呼ばれる大きな船が通る海の道で、子供は絶対に泳いではいけないと厳しく注意を受けていた。いつか、よそからきた若者が肝試しで橋から海に飛び込んで、あっという間に波に呑《の》まれ行方知れずになったらしい。穏やかに見えても、底には流れの速い海流があるのだという。

「じいちゃんは昔、ここを泳いで渡ったんだって」

みかん色の橋を歩きながら真以はそう言った。その口調には秘密めいた響きがあった。平蔵さんの静かな空気を思いだす。

「ここって、人喰い亀がたくさんの船を沈めた場所なんだよね」

「そう。でも、じいちゃんは一人で夜の海を泳ぎきった。島の姫神さまが守ってくださったんだって言ってた」

真以にとっての「島」は香口島ではなく亀島なのだった。他の子とは違っていても、真以も島で生まれて育った子供なのだと思った。

それでも、真以は海には入ろうとしなかった。暖かくなり、ウィンドブレーカーは着なくなったが、相変わらず大人ものみたいな大きなシャツや長袖のTシャツをワンピースのようにして身にまとっていた。下もいつも黒っぽい細身のズボンにスニーカーで、黒や青や渋い緑といった男の子みたいな色しか着なかった。

一度、男の子が真以の前で腰をくねくねさせながら服を脱ぎだしたことがあった。いつもなら「馬鹿男子！」と騒ぐ女の子たちが、そのときはくすくすと声をひそめて笑った。真以は無表情のままだった。けれど、私にはわかった。真以は怒れば怒るほど無表情になる。

血の気のひいた死んだような顔で真以は立ちあがると、男の子の短い髪を摑《つか》んだ。ズボンを下げかけていた男の子はよろめいて床にしりもちをついた。そのまま真以は髪をひっぱって男の子を廊下まで引きずりだした。「いってえ！　いってえ！」と男の子が絶叫する。他の教室から子供たちが顔をのぞかせた。

「真以ちゃん！」

止めようとして教室を走りでると、廊下に転がった男の子が「捨て子のくせに！」と叫んだ。ぎくりと足が止まる。男の子は私の顔を見上げると、「おまえもじゃろが、おまえら二人して捨て子同士じゃけえ、仲良うしとるって女子も言うとったわい」とゆがんだ顔で笑った。

「ちが……」

否定したいのに声がでなかった。私は違う。あと一ヶ月もしないうちに母が迎えにくる。そう約束した。

真以が男の子の髪から手を離した。がくんと仰向けに倒れた男の子の脱ぎかけた服をむしりとる。他の男の子たちが真以を押さえようとしたが、するりと身をかわすと服を持ったまま女子トイレに姿を消した。

木村先生が職員室から走ってくる。女子トイレの前の男の子たちを叱りながら中に入り、便器の水でずぶ触れになった服を手に、ため息をつきながら真以とでてきた。

それから、真以は職員室に連れていかれた。私も「見てました」と震えながら手をあげ、ついていった。

先生たちに囲まれた真以は無表情のままで「服がいらないみたいだったので捨てました」「裸が好きみたいだったので」と言い続け、男の先生に「なに言うとんじゃあ」と怒鳴られても泣きもしなかった。木村先生に、このままでは保護者を呼ばなきゃいけなくなる、と言われてやっと謝った。

ランドセルを取りに教室に戻ると、もう誰もいなかった。静まり返った校舎を二人ででる。足が重かった。

「どうして男子は真以ちゃんにこてんぱんにされるってわかっていてからかってくるんだろう」と息を吐くと、真以は「暇だからだって、じいちゃんが言っていた」とぼそりと言った。

「馬鹿だからじゃなくて」

「馬鹿な上に、暇なんだと思う」

真面目くさった顔で言ってから、真以は海を見た。

「でも、ちょっと違う気がする」

めずらしく喋り続ける。

「あいつら、自分たちと違う人間が気にさわるんだと思う。なんとしてでも損をさせなきゃいけないって思ってる」

「損?」

「うん、損というか罰？」

「なんの罰？　悪いことしてないのに？」

真以は黙った。それから、しばらくして「わかんないけど。損すればいい、バチが当たるといいって、わたしも思ったことがある」と低い声で言った。「悪くない人に対して」

そう言われてみると私もあった。いや、いまも思っている。父に、母に、私を放っておいている二人にバチが当たればいいと、鳴らない携帯電話を見るたびに思っていた。母からの連絡は三日に一回から、一週間に一回になり、ここ数日は携帯電話を持ち歩くのをやめてしまっていた。ゴールデンウィークに会えると思っていたのに、母は来なかった。真以がバチが当たればいい、と思った人も身近な人のような気がした。

「でもさ、クラスの男子なんて関係ない人間じゃない？　家族でも友達でもないよ。あんなやつら、いてもいなくてもどうでもいい。向こうもそう思ってくれたらいいのに、なんで構ってくるんだろう」

また真以が喋らなくなる。黙々と海岸沿いの道を歩く。横顔を夕日が赤く染めている。

「島の人間はひとつでいたがるんだって」

それも平蔵さんが言っていたのだろう。それが嫌だから、平蔵さんは亀島に住んでいるのだろうか。平蔵さんと真以の家は、別荘の建ちならぶ森の中にあるログハウスだった。納屋には藁と薪《まき》がいっぱいに積んであった。山羊と鶏もいて、広くはないけれど暖炉もあって、壁は本で埋めつくされていた。童話にでてくる家のようでわくわくした。けれど、森の中はすごく静かだった。

もし、私がこの島を去ったら、真以はまた一人ぼっちになるのだろうか。

「暗くなる前に橋につかないと」

みかん色の橋を渡ってから細い山道をしばらく歩かなければ平蔵さんの家にはつかない。街灯もない道なので、真以はリュックにいつも懐中電灯を入れていた。他の子たちのようにランドセルではなくリュックを背負っているところも真以は違っていた。

「平気」と真以はなんでもないように言った。

「島のことはなんでもわかるから怖くない」

そう確かな声で言う真以は、もういつもの落ち着いた顔をしていた。

私がいなくなっても真以と平蔵さんの暮らしは変わらないのだと思うと、ほんの少し胸が痛んだ。いつの間にか、絶えずひびく波の音は耳に残らなくなっていた。

3

家にいた頃、私は本なんか読まなかった。

なんか、と思うのは父のせいだった。父は本を好んでいた。それこそ、唯一の友だと機嫌のいいときは言っていた。父の機嫌で家の空気は変わった。けれど、母は絶対に「機嫌」という言葉は使わず、「今日はお父さんの体調がわるいから」と小声で言った。

そういうときは静かにしていなければならなかった。父は本に埋もれた部屋にこもり、食事の時間もでてこなかった。夜中にトイレに起きると、明かりのもれる部屋からぶつぶつと低い声が聞こえてきた。声は泣いていたり、誰かを罵《ののし》ったりしていた。母は暗い台所でじっと息を殺していた。「寝ようよ」と手をひっぱっても、しっと唇に指を当てるだけだった。母の手は冷蔵庫みたいに冷たかった。

機嫌がいいと、父はよく私に本を読ませようとした。「本は裏切らない」と父は言った。じゃあ、父は私や母も自分を裏切ると思っているのだろうか。

聞けなかった。父は私が漢字の読み間違えをすると大きなため息をついて、「この子はボンヨウだよ」と母に向かって言った。ボンヨウがなにかはわからなかったけれど、呆《あき》れたような声は私の頭を真っ白にさせた。字を追えなくなると、父は「もういい」と冷たく言い、本を取りあげてしまう。

父は偉い先生になりそこねた人らしい。大学で居場所がなくなったのだと、祖父と祖母の会話から知った。母は「すこし心が弱っているから休ませてあげないと」と言っていた。祖父は「えらいばっかで、さえん奴じゃのお」と鼻で笑い、祖母は「性がやおい人なんじゃろう」と私をうかがってかばった。

真以も平蔵さんも父のようによく本を読んだが、まわりの人に「うるさい」と怒ったりしなかったし、読めない字を聞いても馬鹿にしなかった。まるで夜の海に沈んでいくように、ただただ静かにゆっくりとページをめくっていた。

彼らの真似をして、私も平蔵さんの本棚に手を伸ばした。天井までびっしりと詰まった本はどれも表紙が日焼けして古い写真みたいになっていた。子供用の本も多く、どれを読めばいいかわからなかった私は、巻があちこち欠けた世界児童文学全集を読んでいった。何冊か読んで、子供用の物語にはよく「みなしご」の女の子が登場することに気づいた。『小公女』も『赤毛のアン』も『秘密の花園』も親がいない。本はかわいそうな子のためにあるのだろうかと嫌な気分になった。「違いますよ」と平蔵さんは穏やかな声で笑った。「ひとりになっても希望を失わない子の物語ってことですよ」と言ったあと、「これはわたしの読み方ですけれど」とつけ足した。「本は自由に読んでいいのですから」

そういえば、真以も両親がいないと気づいて慌てたが、彼女は自分の本に集中していた。真以が「みなしご」だったとしても、彼女はかわいそうではない。かわいそうと思ったことを申し訳なく感じた。強くて勇敢な真以は、物語の主人公みたいだった。

いっそ、私も「みなしご」だったら、と思った。父も母もいるのに、ひとりにされているのは、「みなしご」より不幸な気がした。父の言っていた「裏切り」ってこのことだろうか。わからないけれど、この島にきて、嘘つきはたくさんいることを知った。「葉ちゃんのこと、絶対に忘れない」と言った前の学校の友達から手紙がきたのは一回きりだった。ノストラダムスの大予言は当たらなかった。そして、七月になっても母は迎えにこなかった。

島のまわりには昨日と同じ穏やかな海がひろがり、太陽がどんどん熱くまぶしくなっていくだけだった。

「嘘つきばっかり」とつぶやく自分は、部屋にこもっていた父に似てきたような気がした。

でも、父には母がいる。私はひとりだった。

一学期の最後の日、教室は夏休みの話でいつも以上に騒がしかった。

ヒロミちゃんは大学生のいとこが帰ってくるのだと自慢げに話していて、男の子たちは夏祭りの子供神輿《みこし》を誰が先頭で担ぐか泳いで決めようと盛りあがっていた。一年に一度の夏祭りは、香口島の中央の山にある城址で行われる。城址の奥にその日だけしか入れない古い神社があるそうで、大人も子供も龍神の神輿を担いで参拝するという。神社に入れるのも、神輿を担げるのも、男性だけだった。

神輿のかけ声をあげる、うるさい男の子たちを眺め、亀島には姫神さまがいるのに、と平蔵さんに聞いた話を思いだした。でも私はなにも言わず、置きっぱなしにしていた家庭科の裁縫箱を鞄《かばん》に押し込んだ。

この学校の夏休みの宿題をしなくてはいけなくなるとは思っていなかった。迎えにこられなくなった母は電話口で何度も謝っていた。「葉ちゃん、ごめんね」の後はきまって「お父さんの体調が悪いから」だった。「いつまで？　ねえ、いつまで待ったらいいの？　約束したじゃない」と責めても「ごめんね」をくり返すだけ。父のことばかりで、母は自分の意見は言わない。私に会いたいとか、早く一緒に暮らしたいとか、嘘でもなにか言ってくれたらちょっとは違うのに。

手が止まる。いや、違わない。夏が終わっても、私は海に囲まれたこの島からでられないのだとしたら、なにを言ってくれても同じだ。

後ろで、爆発したみたいな笑い声がおきた。暑さによるものとは違う汗が背中ににじむ。女の子たちがダンスの練習をしている。私たちと同じくらいの年でデビューした沖縄出身の女の子四人組のダンスグループが紅白歌合戦で踊った曲だ。夏祭りで披露するのだと、放課後になると集まっている。きゃーきゃー笑いながら踊るので、互いにぶつかったりテンポがずれたりして、どうもきまらない。手足が細長くて、クールな表情の真以のほうがずっとかっこよく踊れるのにと思った。海外の男の子みたいなだぼっとした服装も曲に合っている。

「おまえら、邪魔じゃ！　はよ、いねや！」と男の子が怒鳴った。「外、暑いけえ、男子がいねよ」と女の子も言い返す。「同じ島育ちいうても沖縄とはえらい違いじゃな」と憎まれ口を叩かれ、「男子、やかましいわ！」と喧嘩《けんか》がはじまる。

私はどちらの仲間でもなかった。最初の頃は東京の話などを興味本位で聞かれていたが、父がテレビを嫌っていたせいで私は芸能人やドラマの話に詳しくなかった。テレビの話題に乗れないと、あっという間にクラスでの存在感がなくなる。そういうところだけは前の学校と同じだった。

ふいに、男の子の一人が「踊りやったら桐生に教えてもろうたらええじゃろ」とにやにやしながら言った。ぱっと女の子たちが黙る。ヒロミちゃんが「うちらのダンスはそういうんじゃないけえ」と言った。「のう」と、みんなでうなずき合う。口の端に嫌な笑いがあった。

真以の姿を探す。いない。机の中も外もきれいに空っぽだった。

あ、と思う。月に一度か二度、真以は私を置いて下校した。

毎日一緒に登下校しているのに、ふっと、猫が音もたてずに消えるように、断りも挨拶もなく真以は消える。次の朝には、なんでもない顔をしてみかん色の橋を渡ってくる。

真以がいないと見てとると、男の子も女の子も急に言葉につまったようになった。一瞬、つまらなそうな表情を浮かべたのが、すごく気持ち悪かった。

ランドセルを肩にかけ、教室をでる。この数ヶ月で急に体が大きくなって、ランドセルはちょっと窮屈だった。背中も蒸れて暑い。廊下で木村先生が話しかけてきたが、黙って頭だけ下げた。真以をからかいの種としか見ていないクラスのみんなも嫌いだったが、真以に対しても胸にもやもやしたものがあって、誰とも口をききたくなかった。足元だけを見て歩く。

一学期の最後の日なのに。夏休みの約束もしていないのに。

もし、私が予定通り、七月に東京に帰ってしまっていたら、もう会えなくなったかもしれないのに。なにも聞いてくれなかった。

真以は平気なんだろうか。

私が黙っていなくなっても、なんとも思わないんだろうか。

埃っぽい下駄箱で靴を履きかえて、上履き入れを忘れたことに気づいた。上履きのかかとを持って学校をでた。海沿いの道路は日差しをさえぎるものがなく、太陽がじりじりと首筋や頬を焼いた。アスファルトが熱でゆらめいている。

息が苦しかった。きりきりと胸が痛い。ひどい、と思った。真以、ひどいよ、私、さみしい。叫びたくても、できない。真以に訴えたくても、嫌われそうで怖い。胸を絞られるような苦しさが消えない。本の中にでてきた「孤独」という言葉を思いだす。汗をぬぐいながら、こういう痛みが孤独というのだと体で知った。

みかんやレモン畑のある山側から蟬の声が降ってきた。生い茂った植物の陰に入ると、ますます音でいっぱいになる。足を止めて、息を吐いた。

蟬はどこからきたのだろう。海を越えて島にやってきたのか。

なんのために。

じゃあ、自分はなんのためにここにいるのだろう。

わんわん降りそそぐ鳴き声を浴びながら、夏が過ぎれば死んでしまう運命を羨《うらや》ましく思った。死にたいわけじゃない。でも、生きていても死んでいても同じな気がした。私が死んだら、母は後悔してくれるだろうか。いや、お荷物が減ったと、ほっとするのかもしれない。

目の前の道路を通る車も人もなかった。銀色に光る海はまったりと揺れている。

海の上の入道雲を見つめながら、空っぽになりたいと思った。


真以は夏休みがはじまって一週間ほどたってからやってきた。

暑さがわずかにやわらいだ夕方前、祖母に呼ばれて部屋からでると、紙袋を持った真以が土間に立っていた。手に持った黄色い紙袋に懐かしさを感じた。東京の駅などで売られているバナナ味のお菓子だった。真以がぐいっと差しだしてくる。暑いせいか、めずらしく髪をひとつに結んでいた。

「食べたことあるだろうけど」

「や……」声がうまくでず、喉の奥で「ううん」と言って首を横にふった。朝から体が重くて、部屋でぐったりと寝そべっていた。頬についた畳の痕《あと》を片手でそっと隠す。

「お土産にするものだから食べたことない」

「あ、そっか」と真以は言った。一瞬、子供らしい顔になる。

「お客さんにもらったからじいちゃんが持っていけって」

「忙しいの？」と聞くと、「夏休みはいつも」と真以はうなずいた。真以はときどき別荘の管理人である平蔵さんの仕事を手伝っている。一学期の最終日に先に帰ってしまったのは、平蔵さんに頼まれた用事があったのかもしれない。

そう思うと、体のこわばりがゆるんだ。でも、一言あってもいいのに、という気持ちがぬぐえない。真以がちらっと私の顔を見る。

祖母が台所からでてきて、おやつでも買っておいでと小銭を渡してきた。祖母の言う「おやつ」は商店街の外れにある和菓子屋の皮の薄い饅頭のことで、私はもうすっかり飽きていた。暑くてだるい日に重たいあんこなんか食べたくない。

「真以ちゃんがお菓子くれたから」

黄色い紙袋を見せると、「桐生さんからやったらじいさんに見せないけん」と取りあげてしまった。祖父は日が暮れるまで帰ってこない。頂きものを勝手に開封すると機嫌が悪くなる。それに、どうも真以や平蔵さんのことをよく思っていないようだったので、あまり会わせたくなかった。

「浜に行こう」と真以がキャップをかぶった。「夏はかき氷屋がきてる」

「うん」と土間に飛び降りてサンダルを履いた。夕飯までには戻ってきなさいというようなことを祖母が言った。生返事をして引き戸を閉め、真以を追って石垣に囲まれた細い道を小走りで進む。今日はまったく食欲がない。朝ごはんの焼き魚の匂いも妙に気になった。

商店街の通りにでると、見たこともない大人とすれ違った。男性は帽子をかぶってカメラを首から下げている。日傘をさした女性が「なんもないじゃない」と責めるように言った。観光客のようだった。新しい橋の影響だろうか。

真以は目もくれない。歩調もゆるめず、浜へ向かう近道の路地に入った。

「ねえねえ、真以、ラジオ体操いってる?」

相変わらず大きすぎるパーカーを着た背中に声をかける。生地は薄手のものだったが色はやはり黒で、イラストもなにもない無地だった。今日はリュックを背負っていない。伸び伸びとした細い手足はまた長くなったような気がした。

「うちは亀島だから、じいちゃんが判子持ってる」

「いいなあ」と声をあげた。私はずっとラジオ体操をサボっていた。夏休みになっても祖母はいつも通りに私を起こし、布団をさっさとあげてしまったが、ラジオ体操をする公園に行く気になれなかった。母がちゃんと七月に迎えにきてくれていたら、もう会うこともなかったはずの子たちの顔が並んでいるのだ。見たくない、という気持ちが足を重くした。

真以がちらっとふり返る。葉影がかかる顔がにっと笑った。めずらしい笑顔。

「こっそりおしてあげるよ」

「うそ! やった!」

歓声をあげると、「そのかわり、算数、教えて」と小さな声でぎりぎり言った。真以はあまり勉強が得意ではない。東京では塾に通わせられていた私は、島の教室では誰よりも勉強ができたし、算数は中学の方程式まで知っていた。

「いいよ」と笑って横に並んだ。

わずかに歩くのが遅くなった真以が「まだ、いるんだ」とつぶやいた。

「え」

「夏休み、ここに」

覚えていたんだ。嬉しくて、じわっと目が潤む。大げさだ。慌てて顔をそむけながら「うん」とだけ言った。胸がいっぱいで、それ以上なにも言えなかった。

真以が不思議そうに私をのぞき込む。この顔だけはまた見たいと願っていたことに気づく。

黙ったまま車道沿いをしばらく歩いて、岩の突きでた崖を曲がる。いつもはただ広いだけの海岸にぽつぽつと人の影があった。車も何台か停まっている。

「あれ」と真以がワゴンカーをさす。後部席が屋台になっていて、フラッペと書かれた青いのぼりがはためいていた。もうすぐ日が暮れるからか、ワゴンカーのまわりには人がいない。潮風からはかすかに焦げたソースや肉の匂いがした。

「夏はこの浜でバーベキューとか海水浴をする人が増える」

真以がたんたんとした声で説明した。確かに道路沿いに停められた車のナンバープレートは他県のものが多かった。浜に近づくと、浮輪やレジャーシートを持った家族連れとすれ違った。私たちより小さな兄弟が日焼けで赤くほてった肌ではしゃぎながら、母親らしき女の人にまとわりついていた。

母を思いだして胸がちくりとしたが、真以は目に入っていないような顔でまっすぐにワゴンカーへ向かって砂を踏んでいく。私も慌てて追いかけた。太陽は海に近づきはじめていたが、砂はまだ熱かった。

「ふたつ、くださーい」と言うと、のぼりをしまおうとしていた丸刈りのおじさんは面倒臭そうに氷を削るレバーを引いた。島にやってきてからひさびさの買い食いで、ちょっとどきどきした。私はイチゴ味を、真以はレモン味を選んだ。島はレモンもよく育つ。食卓にはよく売り物にならないレモンが切って置かれていて、サラダでも刺身でも焼き魚でも、島の人間はなんにでもレモンを絞って食べる。酢飯にも青いレモンの果汁を混ぜた。

「わざわざレモン？」と言うと、真以はストローのスプーンですくって口に入れ、ふふっと笑った。

「ぜんぜんレモンじゃない」

「そうなの？」

「うん、黄色くて甘いだけ。酸っぱくない」

ごりごりと氷を噛み砕く音が真以の口からもれる。

「去年、じいちゃんに言われたの。色で味が違うと思い込んでしまうけど、ここのシロップはぜんぶ同じ味だって」

「え」と赤く染まった氷を口に入れる。冷たくて頭がきーんとする。冷たいのに、べたっとした甘さが喉の奥に残る。でも、どことなく苺《いちご》の甘酸っぱい香りがするような気がする。「うーん」と首を傾げ、「ひとくちちょうだい」と真以のカップにスプーンを伸ばす。

「どう」と真以がのぞき込んでくる。

「ほんとだ、レモンじゃない。でも、イチゴと同じ味なのかはわかんない」

「色が違うと違う気がするもんね。脳の錯覚なんだって」

「さっかく」と私はくり返した。勉強は苦手なはずなのに、真以はときどき難しい言葉を知っている。

「本当とは違って感じたり見えたりすること」

そして、言葉だけじゃなくて意味もちゃんとわかっている。そこは私とも、他のどんな子とも違った。

「シロップだけじゃなくて、たくさん錯覚はあるんだって」

発泡スチロールのどことなくよそよそしい感触のカップを持ったまま、私たちは浜辺を歩いた。太陽が水平線に沈みだし、海をオレンジ色に染めていく。確かに色が変わって見えても海は同じだ。真以はキャップを深くかぶったが、西日は私たちの目を細めさせた。

かき氷はだんだん水っぽくなり、色のついた液体になった。飲む気にもなれず、色のついた舌を見せ合ったりしていると、背後で車が停まる気配がした。バタン、バタンとつぎつぎにドアが開く音がして、無遠慮に騒ぐ声がした。

ふり返ると、大学生くらいの男の子がわいわいと浜へ向かって歩いてくるところだった。

「なにこの夕日、青春?」とか「コンビニとかほんとないな、びっくりするわ」とか言っては大声で笑っている。五人いた。島では見かけないような若者っぽい服装だった。

「行こう」と真以が私のTシャツの袖を引いた。黙ってうなずく。

集団の一人が足を止めてこっちを見た。「おおい」と手をふってくる。真以は反応しない。

「ナンパかよ」と誰かが言い、「いや、うちのいとこの同級生」と手をふった男の子が答える。

「おい、お前、亀島の真以だろ。おっきくなったなー」

ひょろっと背の高い男の子だった。髪が金色だ。外国の人のような金髪ではなく、レモンのシロップみたいなわざとらしい金髪。一緒にいた男の子たちが「島って」といっせいに笑う。金髪は「なんだよ」と焦ったように舌打ちすると、「あいつの母ちゃん、すっげー美人なんだぞ」と言った。「へえ」と一同が声をあげ、耳障りな口笛が鳴った。

「こっち向いてー」

「顔見せてー」

「ガキ相手にやめろって」

「でも、中学くらいだろ。田舎の子はいろいろ早いって言うじゃん」

からみつくような笑い声に、鳥肌がたった。ざくざくと砂を踏んで離れようとする。へらへらした金髪の声が「いけるいける」と言った。「美人の母ちゃん、フーゾクやってるから」

真以の足が止まった。私も驚いた。真以には母親がいるんだ。でも、フーゾクって。

「マジかーエロいな」「キャップで顔が見えねー」と騒ぐ男の子たちを真以は睨《にら》みつけていた。かき氷のカップを握り締める片手に力がこもっているのがわかった。斜めになったカップからは黄色い液体がしたたり、音もなく砂に吸い込まれていった。

「真以ちゃん」

呼びかけると、びくりと体が動いた。私の顔を見て、さっと私のサンダルに目を落とす。真以はスニーカーだった。

もう一度、はやしたてる一群を睨みつけると、真以は私の腕を取って背中を向けた。いつの間にか太陽は沈み、あたりはもう薄青くなっていた。

「真以ちゃん」ともう一度言うと、真以は唇を噛みながら「あの人数じゃ勝てない」と悔しそうにつぶやいた。

違う、と思った。きっと、真以ひとりだったら飛びかかっていた。隙をついて痛い目にあわせて、すぐに逃げたはずだ。やめたのは、私がいたからだ。私のサンダルでは逃げても追いつかれると判断したからだった。

「ごめん」と小さな声で言うと、真以は黙って首をふった。それから、船着き場まで一言も喋らなかった。「フーゾク」が気になったが、聞ける雰囲気ではなかった。

「明日、一緒に宿題しようよ」

別れ際にそう言うと、真以は考え込むような顔をした。胸がきりっと悲しくなり、「真以ちゃんちへ行くから」と真以のパーカーのすそを握る。

「それとも、なんか用事あるの？」

「ないけど」真以は目をそらした。

「算数、教えてもらいたいんじゃないの」

つい強めの声がでてしまう。そんなことを言うつもりはなかったのに止められなかった。さっきは私がまだ島にいることを喜んでくれたように見えたのに。

どうしていつも私ばかりがさびしいんだろう。私ばかりが真以を必要としているみたいで苦しい。私は彼女に母親がいることも知らされてなかった。真以は自分の世界に私を入れてくれない。

数秒してから真以は「わかった」と答えた。私がそろりと手を離すと、「じゃあね」と暗くなった空に浮かぶみかん色の橋へ走っていった。黒い服を着た真以の姿はすぐに見えなくなる。

真以がいなくなると、また体のだるさが戻ってきた。お腹の下のほうがもったりと重い。のろのろと祖父母の家へと向かう。強引に誘いすぎただろうか。嫌われてしまうかもしれない。でも、真以の母親のことを聞くのは我慢した。「フーゾク」が良くない言葉なのはなんとなく知っていたから。人を、特に女の人を蔑《さげす》む言葉なのだと。だから、祖父母には聞けない。

ひと気のない商店街を歩きながら、自分はどうして「蔑む」という言葉を知っているのだろうと思った。街灯の裸の豆電球に群がる蛾や甲虫がパチパチと弾けるような音をたてた。意味を説明できないけれど知っている。馬鹿にするより、もっと嫌な感じ。

真以は私よりももっとよく知っている気がした。

あの嫌な感じの男の子たちと戦う邪魔をしてしまって申し訳ないな、と思った。私は真以にとっては足手まといなのかもしれない。

帰ると、祖父に怒鳴られた。うまく聞き取れなかったが、女が夜にふらふらするな、というようなことを言った。「女」という言い方がひっかかった。じゃあ、男の子ならいいのだろうか。真以が女の子じゃなかったら、浜であんな風にからかわれないのかもしれないと思うと、今日あったことをなにも話したくなくなった。

食卓につかせようとする祖母の手をふり払って、「晩ごはん、いらない！」と部屋に走った。「ほっとけ！」という祖父の声が廊下に響いた。


次の朝、なんだか変な感じがして目が覚めた。腰がずうんと重く痛い。起きあがろうとすると、体が水を吸ったように重かった。むくんでいる気もする。

襖をひくと、廊下におにぎりの皿が置いてあった。それをまたいで、奥のトイレへと向かう。廊下がぶにぶにするように感じた。悪い夢の続きみたいだと思いながらしゃがむと、便器にぬるっと赤黒いものが落ちた。

思わず、悲鳴がもれた。とっさに口を押さえる。

体の中から、重たくて、なまあたたかい液体が、私の意思とは関係なくしたたり、白い便器を汚していく。視界がぐにゃぐにゃとゆがんで、吐き気が込みあげた。学校の保健の授業で習った「初潮」という言葉が浮かぶ。「女の子の体は」と先生は言った。教科書に載っていた女の子の体は、男の子のすとんとしたイラストとは違って、胸やお尻が丸くふくらんでいた。そういえば、前の学校で胸が大きいと噂されていた隣の教室の子は「もう生理になったらしいよ」とひそひそ言われていた。言っている子たちは「早いよね」と笑っていた。早いと悪いことのように。私はなんだか口にしてはいけないことに思えて、「そうなんだ」とだけ言って話をそらした。今度は私が噂されるのだろうか。

めまいがした。恥ずかしい。昨夜、「女が」と怒鳴った祖父の声がよみがえる。浜辺でかかってきた大きな男の子たち。嫌だ、知られたくない。何度も股を拭《ふ》き、トイレットペーパーを丸めて挟んだ。パンツをはくとごわごわした。

部屋に戻って、充電しっぱなしの携帯電話を摑んだ。勝手口から庭にでて母にかけるが、呼びだし音が鳴るだけで、まったくでない。もう仕事に行ってしまったのだろう。

どうしよう、どうしよう。生理用ナプキンがいる。頭の中が不安と焦りでいっぱいだ。こうしている間にも体の中からどろどろと血がでてくるのかと思うと怖い。自分のものじゃないみたいな汗がこめかみや背中を流れていく。ひんやりした汗。外はもうぎらぎらとまぶしく、蟬も鳴きはじめているのに体はかたく冷えていく。

「葉ちゃん」

襖の向こうから声をかけられて飛びあがる。

「お腹、減っとるじゃろ」

一瞬、生理用ナプキンをと言いかけて、だめだ、と頭をふる。祖母はいつも近所の人たちと噂話をしている。助けを求めたら、生理になったことが島中に広まってしまう。ナプキンだって、商店街の中の溝口《みぞぐち》商店で買ってくるだろう。あそこは、真以に服をトイレに捨てられた男の子の家だ。ばれたら絶対にからかわれる。すっと血の気がひいた。

「大丈夫！」と精一杯、元気そうな声をつくって返事をする。急いで着替えると、「ラジオ体操、行ってくる！」と祖母の顔も見ずに家をでた。

走ると、股のあいだのトイレットペーパーががさごそした。ひょこひょこと変な走り方になる。痛いし、情けなくて、恥ずかしい。涙をこらえながら商店街を抜け、船着き場までくると、遠くからやってくる小さく細長い人影が見えた。

「真以！」と叫ぶ。船着き場で煙草を吸っていたおじさんがこちらを見たが、かまわず「真以！　真以！」とわめいて走った。手を伸ばし、触れると、抱きついてわんわんと泣いた。真以は黙って私の背中を撫でてくれた。抱きついた真以の体は思ったよりも柔らかくて、ちょっとだけ母を思いだした。私はしばらく真以の肩に頭を押しつけて泣いた。

やがて、泣きながらも頭が落ち着いてきて、生理になったくらいでこんなに騒いだら呆れられるんじゃないだろうか、と不安になってきた。そっと体を離すと、真以と目が合った。あれ、と気がつく。

「どうしてここにいるの？」

海鳥の鳴き声、波の音、船の警笛。ようやくまわりの音が戻ってきた。真以はずれたキャップをかぶりなおすと、「葉ちゃんちに行くところだった」と言った。「やっぱり今日は宿題はできない」

真以はリュックをせおっていた。どこかへ行くのだろうか。また私を置いて。

でも、真以は「葉ちゃん、なにかあったの？」とめずらしく聞いてくれた。

少し迷って「……生理になったみたい」と下を向いた。「ああ」と静かな声が返ってくる。

「真以にしか言えなくて」

「うん」

間があった。原付が横を走り抜けていく。エンジン音が遠ざかると、真以は言った。

「一緒に行く?」

「え」と顔をあげると、すっと船着き場をさした。海に白い波をたてて、高速船がやってくるところだった。


高速船には体操服や制服を着た中高生が数名乗っていた。寄合で見た顔もあったが、私たちには話しかけてこず、船室に入るとみんな寝てしまった。あとは、老人ばかりだった。

真以は冷房のきいた船室には入らず、甲板で風に吹かれていた。船の一番後ろでじっと海を見つめている。

初めて会った日のことを思いだした。ここで真以に出会ったのだ。船がたてる白い波を見つめたが、今日は虹はかからないようだった。エンジン音と振動がうるさくて話ができない。私は真以の横顔と海を交互に見た。みかん色の橋をくぐってから船はどんどん加速して、もうどれが香口島なのかわからなくなっていた。無数の島がぽつりぽつりと海に浮かんでいる。

思えば、高速船に乗ったのは島にきて以来だった。ふっと体から力が抜けた。なんだ、こんな簡単にでられるのか。ずっと母の迎えを待っていたが、でようと思えばあっけなかった。フラッペ代にも満たない小銭を払って、高速船とのあいだにかけられた板を渡ればいいだけだった。たったの三歩。もう祖父母も、さびれた商店街も、柑橘の畑も、遠い。

強い日差しがじりじりと頬を焼き、下半身は重いままだったが、気分は晴れていた。風にかきまわされる真以のひとつ結びにした髪が動物の尻尾のようで楽しい気持ちになった。手すりに組んだ腕を置き、頭をもたせかけていると、首の後ろに指が触れたような感触があった。顔をのけぞらせると真以と目が合った。「なあに」と口の動きで問うと、「なんでもない」と言うように首を横にふった。

真以はいつもと少し違う顔をしている気がした。相変わらずクールなのだけど、なにか、ほんのちょっとだけ、迷っているような感じがあった。何回もふり返りながら去っていく猫みたいな表情だと思った。

それがなにか問うこともできないまま船は港に着き、真以は振動が止まるとさっさと下りてしまった。

島にくる前に電車を降りた街だった。あのときはがらんとした場所だと思ったが、高い建物もあるし、広い道路には車が何台も走っていた。信号の存在を忘れていて、確認もせずに道路を渡ろうとしてクラクションを鳴らされた。すっかり島の環境に馴染《なじ》んでしまった自分に少し落ち込む。

真以は港をでると、駅に向かう大通りからそれて、ドラッグストアに入っていった。慣れた足取りだった。ついていくと、奥のトイレットペーパーの棚のそばで足を止めた。薄いピンクや紫のパッケージの生理用ナプキンが並んでいる。どれを選べばいいかわからない。なるべく小さくて地味な袋を探そうとするが、どれも花柄だったりレース模様だったりキラキラした星や月がちりばめられたデザインで目立つ。おまけにナプキンの構造が大きく描かれ、「ヨレ」とか「モレ」とか「生理中の肌に優しい」とかでかでかと書かれている。真以が遠慮がちに「多めに買っておいたほうがいいよ」と言った。「次の月の分くらいまで」

これから毎月こんなことがあるのか、と気が重くなった。同時に、真以は毎月ここに買いにきているのだと気づいた。ときどき先に帰ってしまう理由はこれだったのかもしれない。真以の家族は男性の平蔵さんしかいないから。島の顔見知りの店では絶対に買いたくない気持ちが痛いくらいにわかった。こんなパッケージの商品を買うなんて「私は生理です」と書かれた看板を持つみたいだ。

「真以はどれ使っているの?」と聞くと、「これ」と青いパッケージのものを指した。

「じゃあ、それにする」

「専用の下着はある?」

首を横にふる。

真以はちょっと言いにくそうに「お金ある?」と聞いてきた。「まあまあ、ある」と答える。母から送られてくるおこづかいはほとんど使っていなかった。

「電車に乗ろう」

真以はそう言って、「ちょっと行きたい場所があるんだけど、いい?」とうつむきながらつけ足した。「もちろん」とうなずく。表情にはでなかったが、ほっとした空気が流れた。

生理用ナプキンはレジで茶色い紙袋に入れられてから、ビニール袋で手渡された。隠されて安心したけれど、でも隠すくらいならなんでこんなパッケージにするのだろうとも思った。駅のトイレに行って、ごわごわするトイレットペーパーからナプキンに替える。黒ずんだ血はやっぱり怖くて、あまり見ないようにして急いで流した。「お待たせ」とトイレからでると、真以は私の手からビニール袋を取って、自分のリュックにしまってくれた。

「広島に行こう」と真以は言い、それぞれで切符を買った。普通電車は人が少なかった。ひんやりした冷房にゆっくりと汗がひいていく。ごとんごとんと揺られているうちに眠くなってきた。座っていると、重だるかった体の芯《しん》みたいなものがぐずぐずと溶けていく気がした。

いつの間にか、寝てしまっていた。ときどきがくんと頭が揺れて、電車の四角い窓の底に青緑の海があるのが目に入った。横を見ると、真以は膝に手を置いてまっすぐ海を見つめていた。なにを思っているのか、聞く間もなく、私はまた眠りに落ちた。

真以に揺り起こされて電車を降りると、ホームが人でいっぱいだった。ホームは前にも後ろにも無数にあって、アナウンスが流れ、つぎつぎに電車がやってきては去っていく。人の波に流されるようにして階段をあがり、大きな改札へと押しだされる。東京を思いだした。懐かしい感覚に一瞬、自分がどこにいるのかわからなくなる。

駅のざわめきの中に立ちすくんでいると、真以が「こっち」と手をひいてくれた。駅をでたところにあったデパートに入り、エスカレーターで婦人下着売り場へと行く。店員さんに聞い

て、いくつか生理用の下着をだしてもらい一枚だけ買った。店員さんは女性だったけれど、
「中学生？　あら、まだ小学生なの。最近の子は早いのねえ。ブラジャーは大丈夫？」とか話しかけてくるので、顔が熱くなるくらい恥ずかしかった。真以は数メートル離れたところをぶらぶらして、こっちを見ないようにしてくれていた。

もう昼前だった。お腹がすいてきたけれど、まだ真以の用事が終わっていない。真以はデパートをでると駅のほうへ戻っていった。

「路面電車に乗らなきゃいけない」

「バスじゃなくて？」

「ひろでん」

真以の手には地図と駅名が書かれた紙があった。折った跡としわがいっぱいよったくちゃくちゃの紙だったが、「第一劇場」という文字が読めた。映画館だろうか。

道路の真ん中を走る路面電車は楽しかった。私は初めての街に見とれた。街には大きな川が流れていて、橋を渡ってほどなくして真以は「たぶん、ここ」と電車を降りた。

ビルのあいだの道を歩く。あちこちに立て看板があり、建物の横にもふせんのようにびっしりと看板がでている。店はたくさんあるようだったが、ひと気がなく、まだ寝ているような通りだった。倒れたゴミ箱をカラスがあさっている。真以はくちゃくちゃの紙を見つめながら進んだ。息苦しくなるくらいの緊張が伝わってきて、話しかけられない。

ちかちかとライトがついた小さな入り口の店には「ヘルス」とか「ソープ」とか「クラブ」

といった文字があった。お城みたいな建物から男女がもつれた足取りででてきて、真以がびくっとする。男性のほうが私たちをちらっと見た。短いスカートをはいた女性がなにか耳元でささやいて二人が笑う。甘ったるい香水の匂いがした。一瞬、浜辺で聞いた「フーゾク」という言葉がよぎる。真以は二人が通り過ぎていくまで体をこわばらせていた。

また歩きだし、道を曲がる。一人になったら帰れないと思い、真以のシャツのすそを摑む。真以はそれにも気がつかない。もう一度、曲がって数メートル進んだところで、真以の足がとまった。

目線の先に、つきでた大きな看板が見えた。「一劇場」は読めたが、「第」と思われる字ははじめて見る漢字だった。ちょっと「米」に似ている。

「あったね」と言いかけて、手前の赤い看板が目にはいる。白字で「ヌード」と書かれていた。同じ建物からでている看板だった。ヌードって裸のことだろうか。

「真以……」

呼びかけても、聞こえていないみたいに真以は近づいていく。ピンク色の入り口には女の人のポスターが貼られ、胸とお尻の大きい女の人のイラストが描かれていた。まだ開いていないようだった。

真以はすっと名前の書かれた紙を見あげた。「これ」と指さした先には「葵《あおい》れもん」という名があった。「スレンダー女神!」と書かれている。

「これ、おかあさんの芸名。踊り子なの」

なんと言っていいかわからなかった。

「スレンダーってなに?」と聞くと、「よくわからない」と返ってきた。じりじりと真以は下がっていくと、電信柱にもたれて動かなくなった。開くのを待つつもりのようだ。

財布を確認する。もし、この劇場に入るとしたらお金がかかる。残しておいたほうがいいだろう。私は近くのコンビニに行くと、クリームパンと紙パックのオレンジジュースを買った。急いで戻ると、真以は同じ場所にいた。「食べよ」とクリームパンを半分こして、オレンジジュースを交代で飲んだ。喉が渇いていて、すごくおいしく感じた。

日が高くなり、アスファルトが熱くゆらめいた。電信柱の細い影では暑さを避けられない。限界だと思ったころ、カンカンと金属の音が響いた。建物の横についた階段をジャージ姿の女の人が下りてきた。煙草を吸いながらこっちを見て、あれっというように立ち止まる。小走りでピンクの入り口に消えたかと思うと、祭りのような青いハッピを着た男の人と一緒にでてきた。こっちにくる。

「真以」とひっぱって逃げようとしたが、真以はぴくりとも動かない。ハッピの男と睨み合っている。

「おーう、また、おまえか。なんしよん」

「開くのを待ってる」

ハッピの男は大げさにため息をついた。煙草臭い息がもわっと降ってきた。

「おまえ、未成年じゃろうが。なんべんきても入れちゃれんけえ諦《あきら》め」

真以は返事をしない。「あ、やっぱ葵さんのー？」とジャージ姿の女の人が真以をのぞき込む。「きゃー目元似てるーかわいいー」と高い声で笑う。

「お客、きよるぞ。準備せえ」とハッピの男が言い、「はーい」と女の人は軽やかな足取りで階段をあがっていった。もう一度、ハッピの男がため息をつく。

「諦めえ」

「子供に見せられないようなことしてるんですか、うちの母は」

突然、真以が大きな声で言った。ハッピの男がぎょっとしてまわりを見る。「おまえなあ」と眼鏡を外して目頭を揉《も》む。

「大人にゃ大人だけの世界があるんじゃ」

怖い声だった。それでも真以は目をそらさない。

「てこでも動かんつらしてからに。勘弁せいや。ガキなんか入れたら営業停止になるじゃろうが」

ぽんと真以の頭に手をおいた。

「今日だけな。人に言ったらいけんぞ」

それから、ちらっと私を見た。

「お友達もな」

私たちはいつの間にか手をつないでいた。汗ですべる手を握りなおしてうなずくと、ハッピの男は私の頭にもぽんと手をおいた。

劇場の中は煙草と埃っぽい匂いがした。視聴覚室と職員室と体育倉庫を混ぜたような感じ。その奥にちょっとよそいきの母のにおいが混じっているような気がしてどきどきした。

私たちは二階のスタジオみたいな部屋に入れられた。音や照明の機械がいっぱいあって、男たちが煙草を吸いながらボタンやつまみがいっぱいついた機械の調節をしていた。そのすみっこから下を見ると、カーテンの下がった舞台の前に丸いステージが縦にふたつ並んでいた。赤い布ばりだ。両側の壁は鏡になっていて、天井から下がったミラーボールがキラキラと反射している。

丸いステージのまわりの赤い席にどんどん人が座っていく。男性ばかりだった。

やがて、ふっとすべてが暗闇に沈んで、音楽が鳴りはじめた。心臓がばくばくと音をたてている。

ぱっとライトがつく。ステージの赤がライトに照らされて浮きあがる。

黒い革の衣装を着た女の人が笑顔ででてくる。さっきのジャージ姿だった人だ。びっくりするくらいきれいになっている。太腿《ふともも》くらいまでの長いブーツをはいた脚をふりまわして踊る。脚をあげるたびに、拍手が起きた。女の人は体をがっちりとおおった革の服のベルトをひとつひとつ外していく。白い肌がこぼれた。背中を向けて、ぜんぶ脱いでしまうと、今度はひらひらした赤い下着のようなワンピースをさっとはおった。丸いステージに寝転んで、脚をひらく。前の席の男の人たちがのぞき込む。今朝、自分の股からこぼれた血を思いだしてぎくっとした。

女の人は赤い唇で笑っている。胸をのけぞらせ、自分の股をのぞく人たちを目の端で眺め、もっと高く片脚をあげた。爪先《つまさき》までまっすぐに伸びた脚はしなやかで、波をくぐって泳ぐ魚のようだった。

男の人たちは誰も口笛を吹いたり、ひやかしたりしなかった。女の人がポーズを決めると拍手をするだけで、体に触れようとする人もいなかった。

踊りが終わると、女の人は一度ひっこんだ。すぐにTシャツ姿で再登場して、お客さんと写真を撮ったりしはじめた。明るくなった劇場は急に雰囲気が変わる。女の人も踊っているときとは別人みたいだ。ぽかんと見下ろしていると、煙草に火をつけた音響の人が「ほれ」とチョコレートとメロンパンをくれた。「コーヒーは飲めねえか」とペットボトルのお茶を持ってきてくれる。私はお礼を言って食べたが、真以は舞台に釘《くぎ》づけだった。

「次、はじまるぞ」と誰かが言い、また暗くなる。

まばゆいライトがつく。真っ白な着物姿の女の人が立っていた。黒い髪に、黒い瞳《ひとみ》、きゅっと切れ長の目尻。似ている、と思った。見なくてもわかる横顔に。

女の人はゆっくりと踊った。扇を動かすたびに、白い羽根が散る。雪の中、舞っているようだった。しゅるっと帯をほどく。くるくるとまわりながら脱いでいく。上から見ると、長く伸びた帯は白い大蛇みたいだった。その先で、女の人は白い下着姿になる。

肌がとても白かった。けれど、その白さは布の白さとは違って、ライトの色を吸い込むように輝いた。赤、紫、青とライトが肌をなぞるたび、体は違う顔を見せた。音楽が激しくなる。

女の人は髪をほどいて踊った。長い黒髪が赤いマットを流れ、宙を舞い、汗で白い肌にはりついた。指先が天井に伸ばされる。一瞬、こちらに手を差しのべているように見えた。左右の鏡に美しい裸がいくつも連なる。ひゅっと舞台のすそから男の人がなにかを投げた。

「あ」と声がもれる。

虹だった。色とりどりのテープが女の人の頭上を横切り、きれいな曲線を描いたと思ったら、またひゅっとひっこむ。立ちあがった女の人が裸で堂々と両手をあげる。またテープの虹がかかる。思わず手を叩いていた。真以はぐっと拳《こぶし》を握ったまま女の人を見つめていた。

踊りが終わると、赤い野球ユニフォームに着替えた女の人が手をふりながらでてきた。「やー、もうこれ大変なんだよねー」とさっぱりと笑いながら散らばった羽根を片付ける。お客さんが笑い、何人かが羽根を拾うのを手伝い、和やかな雰囲気になった。それでも、真以の表情は変わらなかった。

踊り子たちを一通り見たあと、もう一度、真以の母親の踊りを見た。二回目は青いドレスを着てでてきた。髪を珊瑚《さんご》やヒトデで飾り、貝殻の下着をつけて、人魚になって踊った。

ふいに、「おい」と後ろから声がした。青いハッピの男が立っていた。

「気い、済んだか」

真以は小さくうなずいた。

「お客さんの顔、見てみい。幸せそうな顔しとるじゃろ。おまえの母ちゃんは極上の夢なんじゃ。女神さまじゃ。ガキがおることとなんて知れてもうたら、夢が壊れてしまうけん」

わかるな、と言うように、青いハッピの男は真以の頭を撫でた。真以が黙って立ちあがる。

「帰る」と私を見た。私も立ちあがる。

「大人になってからまたきんさい」

青いハッピの男はぐっと拳をだしてきて、私たちの手にたくさんの飴《あめ》を握らせた。ばらばらと落ちた分を拾いながら、真以は「ありがとうございました」とつぶやいた。

食堂や廊下を抜けて、建物の横の非常口から外にでるように言われた。非常口のドアを開けると、西日の中、建物の横についていたさびた階段が見えた。でようとしたとき、「真以」と澄んだ声が響いた。

真以の動きが止まる。ふり返ると、長いカーディガンをはおった黒髪の女の人が廊下に立っていた。

「あんたたち、こういうところは自分で稼いだお金でおいで」

びっくりして「ごめんなさい」と言うと、赤い唇でにっと笑った。真以の笑い方にそっくりだった。

「真以の友達?」

ちらりと真以をうかがって「はい」と答える。

「巻き込んでごめんね。この子、強く見えるけど、あなたと一緒じゃないとこれなかったんだと思う。真以をこれからもよろしくね」

静かに頭を下げる。優しい声だった。ついと顎をあげて真以を見る。

「真以、あんたには謝らないよ」

真以はちょっと驚いたように目を見ひらいた。

「あんたがどう思ってるか知らないけど、あたしはこの仕事が好きなの。明日からは大阪だし、またしばらく帰れないけれど、悔いのない人生を送ってる。あんたの名前はね、じいちゃんが考えたんだけど、真を以《もっ》て、とかいう意味なんだって。よくわかんないけど、嘘偽りない真心で人に向き合えってことみたいだよ。あたしも思ってないことは言わない。だから、謝らないから」

女の人と真以はじっと見つめ合った。長い時間に思えた。舞台のほうから音楽に混じって拍手が聞こえた。真以は目を合わせたまま「わかった」と言った。女の人がにっと笑う。

「元気でね」

「そっちこそ」

真以が私の手を取った。「葉、行こう」とドアを開ける。

それからは、もうふり返らなかった。

人通りが増えてギラギラしはじめた通りを抜け、路面電車に乗り、広島駅からまた電車に乗った。帰りは二人とも寝てしまって、あやうく乗り過ごすところだった。高速船の待合室で船を待つ間にあたりはとっぷりと暮れて、もらった飴を舐めながらぼんやりと長くて不思議な一日を思った。

高速船はすいていたが、真以はやはり甲板に立った。黒々とした海を見つめている。

「踊り子は全国の劇場をまわる」と真以が言った。「たまにしか帰ってこない」とつけ足す。

真以の母親が母親の顔をするのは、限られた時間だけなのだろう。

「きれいだったね」

そう言うと、真以はこっちを向いた。

「きれいだった？」

じっと、吸い込むような黒い目で見つめてくる。夜の海の目だ。

「きれいだったよ。虹がかかって。あんなきれいな人、見たことない」

真以は手すりにもたれたまま「きれい」とくり返した。「前も言ってた」高速船がかすかに跳ねて、しょっぱいしぶきがかかった。

「誰になにを言われても」と真以が口をひらいた。

「葉がきれいって言ってくれるならそれでいい」

ゆっくりと、確認するように、うなずく。海を見て、「あ」と声をあげた。

「今日、夏祭りだった」

暗い海の先にぽつりと赤い灯《ひ》がともっているのが見えた。城址で火をたくのだと誰かが言っていたような気がする。あれが私の帰る島なのかと眺めた。

祭りの火はとてもささやかだった。赤いライトを肌にのせた女の人たちは燃えるように美しく、私には彼女たちが火の妖精に思えた。なにも恐れない笑顔だった。あんな女の人がいるのなら、「女」と呼ばれても怖くない。恥ずかしく、ない。

「もうお腹いっぱい」

「そうだね」と真以も言った。

この日から、私たちは呼び捨てで互いの名を呼ぶようになった。

4

広島に行った日、私と真以は夏祭りに間に合わなかった。船着き場で平蔵さんが待っていてくれて、怒る祖父に一緒に謝ってくれた。真以は「遅くなってごめんなさい」とだけ言って、頭も一回しか下げなかった。門限を破ったことしか謝る気はないようだった。

「おどりゃあ、人んちの子ぉ連れまわしよって、なんじゃそのふてぶてしい態度は！」

祖父は声を荒らげた。「違う」と必死で声をあげた。「連れまわされてなんかない」と言う私を祖母が「葉ちゃん」とさえぎった。「心配かけたんじゃけえ、謝り」とめずらしく強い口調で言った。開いたままの玄関扉をちらりと見る。平蔵さんの脚のまわりで蚊取り線香の煙がゆらりと流れ、外の暗闇へ消えていく。祖母は近所の目が気になるのだろう。

平蔵さんは何度も頭を下げた。仕方がないので私も謝った。やがて祖父は不機嫌さを隠さない態度で奥へ引っ込んでしまった。帰っていく二人の後ろ姿へ「真以、またね」と言うと、真以はふり返ってキャップのつばに手をやった。暗くて見えなかったけれど、笑ったのだとわかった。にっと笑ったきれいな踊り子の顔が浮かんだ。ため息をつく祖母に「おばあちゃん、私、生理になったからトイレにゴミ箱おいて」と言うと、ぎょっとした顔をされた。「お祝いとか絶対やめてね」と釘を刺し、「おやすみなさい」と自分の部屋へ向かった。

一週間後、母から下着や生理用品の小包が届いた。新しい服も入っていた。ピンクの花束の絵が印刷されたメッセージカードは丸めて捨てた。

太陽がだんだん力強さを失い、風に冷たさが混じりはじめ、青いレモンが実った。寄合では罠《わな》にかかった猪肉がふるまわれ、農作業用品の物置には収穫した柑橘があふれた。寒さとともにレモンは黄色くいろづき、香姫もぷっくりとふくらみ、休みの日には私も祖母も畑を手伝わされるようになった。かじかむ手から軍手を外し、段々畑を見下ろしながら飲むお茶は体に浸み込むようだった。クリスマスには母がやってきて、一緒にケーキを焼いた。レモンの皮も果汁もたっぷり入れて、しょりしょりしたアイシングをかけた。真以にあげたら「おいしい」と喜んでくれたので、私は一生懸命に母のレシピを書き写した。クリスマスに来るということは、正月は一緒には過ごせないのだろうなと思った。予想は当たり、船着き場で母を見送った。冬の海風は寒い。駄々もこねず、悲しい素振りも見せなかった。ひたすら寒いとしか思えなかった。早く船が見えなくなればいいと、指先から感覚がなくなってくる足を交互に動かして手をふった。

私はもう諦めてしまっていた。諦めてしまうと時間は早く流れ、気がつくと一年が経ち、小さくなっていたランドセルはいらなくなった。がらんとしていた部屋にも、いつの間にかものが増えていた。

香口島には中学校がなかったので、私と真以は高速船で隣の島の中学校へ通うようになった。ひとまわり大きい隣の島とは新しい橋でつながっていたが、運転免許のない子供や老人は前と変わらず船を使って島と島を行き来していた。

中学校のある島の港は造船工場のすぐ隣にあった。高速船から自転車を降ろし、早朝から轟《ごう》音《おん》をとどろかせる重機の影を越えて通学した。この島の山々も海に面した崖も険しく荒々しい感じがした。海の色は同じなのに、香口島とはずいぶん違った印象を受けることに驚いた。そういえば、まるで兄弟のようにすぐそばにある亀島も雰囲気が違う。

亀島は緑が濃くて、薄暗く、どこか湿った気配があった。その空気は、日の当たらない部屋の古い本棚にひっそりとしまわれた分厚い本のように、ほんの少し黴臭く、しっとりした重さを残していく。毎朝、薄青い靄《もや》に包まれた亀島からやってくる真以からは濃い植物の匂いがする気がした。

中学の制服は白いシャツに紺色のブレザーとスカートで、一年生は赤いリボンをつけなくてはいけなかった。真以はリボンはつけず、相変わらず黒っぽいウィンドブレーカーをはおっていた。けれど、スカートから伸びた脚はすらりと長く、風で裾《すそ》がはためくとなんだかどきどきした。

脚から目をそらして「真以、背が伸びたね」と言うと、ちょっと嫌な顔をして背中を丸めてしまう。出会った頃は中指の先しかでていなかったウィンドブレーカーの袖口が親指の付け根くらいになっている。

「もう、せっかくかっこいいのに。姿勢良くして」

海を見つめる背中をばんばんと叩くと、にっと笑ってポケットに手を突っ込んだ。高速船の手すりに背中をもたせかけながらこちらへ向く。潮風で長い髪が乱れて、一瞬、額があらわになる。しゅっとした眉と切れ長の目が私を見た。

「中、入らないの？　寒くない？」

首を横にふる。船室には同じ中学に通うヒロミちゃんたちがいたが、好きな先輩がいるとか告白するとかしないとかで毎日きゃあきゃあと恋愛話で騒がしかった。男の子たちは急に色気づいた同級生にとまどっているようで、小学校の頃のようにからかってこなくなった。

「なんか嫌なことされた？」

「ううん、ここにいたいだけ」と笑ってみせる。「目も覚めるし」

真以はずいぶん私を気遣ってくれるようになった。中学校になってクラスは離れてしまったが、休み時間も登下校も一緒に過ごしてくれている。教室は出身の島ごとにグループができていたが、もとから浮いていた私たちは前と変わりない日々を過ごしていた。登下校に時間がかかるので部活動もできない。ただ、中学校のある島は大きいだけあって、大型スーパーやカラオケ、ファストフード店もあり、ＣＤや雑誌も発売の週に買えて、少しだけ世界が広がった気分になった。

島しか棲まない小さな島のあいだを高速船が抜けていく。だんだん島のかたちで航路がわかるようになってきた。これが海賊たちが読めたという海の道なのだろうか。「あのでっぱった岩が隠れたら右に曲がる」と海を眺めながらつぶやくと、首の後ろに指が触れた。

「真以」

ばっとふり返る。真以が手を素早くポケットに戻したのを目の端でとらえた。

「いま、なんかしたでしょ。前も同じとこ触ったよね」

高速船のエンジン音に負けないように大声をだすと責めているみたいになった。さっと真以の目が曇ったのに気づき、慌てて言う。「ちがう、ちがうの、嫌とかじゃなくて。真以はあんまり触ってこないから——」なぜか、続く言葉を口にしにくかった。

「なんか、ちょっと……うれしくて」

声がうわずる。真以は一瞬、目を見ひらいて、ふいと顔をそむけた。高速船の振動がかすかに弱まり右にぐいっと曲がる。細かいしぶきが視界に散って、よろめいた私の体を真以の腕が支えた。

「そんなことないでしょ」

「そうだね」と笑って真以を見上げる。長い黒髪についた水滴が光を反射してきれいだった。肩より長い髪は結ばないといけないのに、真以は先生に注意されてもそのままにしていた。

「うなじに」

「え」

うなじという言葉は知っていたけれど、本の中だけの言葉だと思っていた。真以によって発音されたそれは違う言葉のようだった。

「葉のうなじに黒子があるの。風が吹くと、見える」

「うなじ」

くり返してみても自分の体のことを言われている気がしなかった。くすぐったいような感じがして、すこし、恥ずかしい。

「そうなんだ。気になるの？」

「気になるのかな」

高速船がまっすぐ進むようになり、真以が私から離れた。ぼんやりした目で海を見る。真以がはっきりしたことを言わないのはめずらしかった。自分のことなのに。

「なんか無意識に。ごめん」

「え、別にいいよ」と両手をふる。先週、話しかけてきた二年生の男の子の前でこのしぐさをして、クラスの女の子に「ぶりっ子、きも」と言われたことを思いだした。べったりと黒いものを塗りつけるような悪意に身がすくんだ。さっと手を下ろす。

真以は私を不思議そうに見て、「お腹すいたね」と言った。

「え、もう？」

「朝じいちゃんの手伝いがあって早かったから」

「それじゃ昼までなんてぜんぜん持たないよ」

真以は最近すごくたくさん食べる。足元に転がしておいた鞄からおにぎりをひとつだして渡した。

「葉の分は」

「もう一個あるし。あとは購買でパンでも買うから大丈夫」

「ありがとう」と真以は素直にアルミホイルをむきはじめた。がぶっとかぶりつく。人に懐かない野生の生き物を餌《え》づけしたみたいだと可笑《おか》しくなる。

「なに笑ってるの」

もぐもぐしながら真以が言う。

「笑ってないよ」

「笑ってるよ」

「笑ってないってば」

言っている間に高速船は港に着いた。エンジン音が止まると、造船工場からの騒音に包まれた。かすかに金属が溶けるような匂いがする。真以は鞄を肩にひっかけて片手で自転車を抱え、おにぎりを食べながら渡し板を大股でひょいと越えた。私はもたもたと後に従った。自転車のペダルがふくらはぎをひっかいて「いた」と小さな声がでる。真以がちらっとふり返った。

港の駐輪場に自転車を置いておいてもいいのだが、潮風ですぐに赤く錆《さび》が浮いてしまうので毎日船に乗せて帰っている。金網で仕切られた駐輪場には、違う高速船で着いた中学生や高校生が数名いた。そのうちの一人が私たちのほうへ手をあげた。

「おはよう」という健康的な声が、工場音や学生のざわめきに混じって届く。先週、話しかけてきた二年の男の子だった。千葉から引っ越してきたそうで、東京育ちの私に親近感を持ったらしい。高速船から降りてきたヒロミちゃんたちが「バレー部の河野《こうの》先輩じゃあ」と甲高い声をあげた。

私は頭だけ下げた。真以は目を細めて先輩を見ると、丸めたアルミホイルをポケットに突っ込んだ。ひゅっと空気を切るように脚をあげて自転車のサドルにまたがる。ひるがえったスカートの裾に目を奪われた。駐輪場からでてきた知らない子たちもぽかんとした顔で真以を眺めていた。噂話でゆがんだ目ではなかった。きれいな鳥に見とれるような微熱めいた視線が真以にはときどき向けられていた。

「葉、行こう」

真以は私だけを見て言った。カーンカーンと金属を打つ音が空に響いていた。


ゴールデンウィークに東京へ行った。海沿いを進む電車から、家族連れであふれる新幹線に乗り継ぎ、母に指定された駅で降りた。迎えに来た母は「引っ越したの」となんでもないように言って、私の手をひいて乗ったことのない線のホームへと連れていった。

「いい」と手を離すと、「大人になっちゃって」と寂しそうに笑った。なにそれずるい、と腹がたってなにも答えなかった。「子供みたいな親を持つと早くしっかりしちゃうのね」と母がひとりごとのように言った。父はまだ調子が悪いのだとわかり、足が重くなった。

家に戻ったという感じはなかった。引っ越し先のマンションは前のより古くて、見たことのある家具が狭い部屋にごちゃごちゃと詰め込まれていた。父は相変わらず自室にこもりっぱなしで、私の部屋はなかった。「連休に遊びにでるなんて馬鹿のやることだ」と前より頬のこけた父が言い、ずっと家で過ごした。ただ機嫌の良いときはパソコンを教えてくれた。インターネットはたくさんの情報にあふれていていつまでも遊んでいられた。「これ、島に持っていきたい」とお願いすると、「ネット環境が整っていないと使えないぞ」と言われた。じゃあ、ここにいたい。喉元まででかかった言葉を呑み込んだ。「子供は本で調べものをしなさい。楽するんじゃない」と父が急に不機嫌になったので、パソコンを使わせてもらうときはなにも喋らないようにした。

次の約束もなく島に戻った。人のいない船着き場に着いたとき、戻るという言葉がしっくりとくることに気がついた。まわりをぐるっと取りまく海と空に音が吸い込まれていく。その感覚に体が馴染んでいた。でも、喜ぶことも悲しむこともできない。みかん色の橋を眺める。もうすぐ誕生日だという真以に東京でプレゼントを買ってきていた。紙袋を持ち直して向かおうとすると、ライフジャケットを着た警察官が二人、商店街から歩いてくるのが目に入った。

めずらしい。二人が話す声が潮風にのって伝わる。

「お前、ちゃんとでかい声で言った？　耳遠い老人ばっかだろ」

「言いましたよ。でも、こういう田舎って鍵かける習慣ないですからね。注意を促しても無駄ですよ」

このあたりの警察官ではないようだった。そういえば、電車を降りた駅にもちらほら警察官がいた。ゴールデンウィークだからと思っていたが、人の多い駅でもないのでよく考えるとおかしい。

「戸締まり厳重にって言ったぞ」

「島の人間ってちょっと変わってんですよ。呑気《のんき》というか、おおらかというか」

二人は私に気がついて会話をやめた。ずんぐりしたほうが片手をあげる。

「旅行かな？」

私のふくらんだスポーツバッグを見ている。首を横にふった。

「ここの子？」

一瞬迷ってうなずくと、目の前に顔写真を印刷した紙を差しだされた。「指名手配」の文字が目に飛び込んできた。

「こういう人、見かけなかった？」

顎の細い、坊主頭の男の人だった。目が鋭い。でも、そう見えるだけかもしれない。私が首を横にふる前に警察官は紙を引っ込めてしまっていた。決まりごとだから一応聞いておいたという感じがした。父や母が私になにか聞いてくるときみたいに。

警察官はもう私に構わず、船着き場の掲示板に紙を貼りはじめた。「ここの子」にうなずいてしまった手前、亀島に渡りにくくなって商店街へと歩きだすと、若いほうの警察官が「家の鍵かけてねー」と声をあげて、もう一人が笑った。

石塀に囲まれた細い道に入り、いつものように玄関を開ける。濡れた土のような古い家の匂いがした。玄関も勝手口も鍵を閉める家なんてない。島の人々は誰の家でも勝手に開けて入るし、いつでもどこでも人の目がある。

「葉ちゃん、おかえりんさい」と台所からでてきた祖母に母からのお土産を渡し、警察官がいたことを伝えた。「脱獄犯じゃと」と祖母は茶を淹れながら言った。

「ほいでも、四国からじぇけえ。島づたいに本土へ渡るつもりやったら、こんなところに長居はせんじゃろう」

「殺人犯？」

背後でみしっと廊下が鳴った。ふり返ると、祖父が立っていた。

「詐欺だか窃盗だかの、せこい小悪党じゃ」

怖いのか、と笑う。実際に近くの島で車上荒らしがあったそうだ。近所でも洗濯物が盗まれたり、冷蔵庫をあさられたりしたという。

「洗濯もんは風のしわざで、食いもんは猿でも入ったんじゃろう」

この島に猿はいなかったが、去年から目撃談がちらほらでるようになっていた。新しい橋を渡ってやってきたのだと大人たちは言った。

「猿みたいに橋を渡ってきたのかな」

「橋は警官だらけじゃ。海しかないのう」

祖父は祖母に「茶」と言って、「じきに、死体が浜にあがるじゃろ」と煙草に火をつけた。

私は台所に立った祖母に「おばあちゃん、おにぎり明日から四個にして」と叫んで、荷物を持って立ちあがった。部屋へ向かう背中を「成長期じゃねえ」という声が追いかけてきたので、聞こえないくらい小さく「真以がね」とつぶやいた。

　翌日、高速船の中は脱獄犯の話題で持ちきりだった。

島々の橋や船着き場には警察官が交替で立ち、登下校は一人でしないようにと先生が朝夕のホームルームで言った。学校でも授業中であろうと脱獄犯の名がささやかれ、財布を盗られた家や車に「必ずお返しします」という手紙が残されていたとか、坊主頭が海を泳いでいくのを見たとか、過疎化した島の空き家にひそんでいるらしいとか、連日いろいろな話が飛び交った。視聴覚室のパソコンで事件の記事を調べては噂話と比較する男の子がいたり、警察官と仲良くなって脱獄犯の身の上話を聞いたと言って犯人に肩入れしたりする女の子もあらわれた。

「なんか夏祭り前みたいだね」と言うと、笑ってくれるかと思ったのに真以はちょっと遠くを見る目をした。

「じいちゃんが言ってたけど、祭りってね、生贄《いけにえ》がいるほうが盛りあがるんだって」

「生贄」

「あと、狩りとか。獲物を追いつめていく人の顔ってきっと笑ってる」

　脱獄犯の似顔絵を切り抜いてお面にして騒ぐ男の子たちの顔を見まわした。息を弾ませて笑っている。やめなよ、という女の子たちも笑っている。

「悪い人なら誰もが遠慮なくやれる」

　なにを、と聞きかけてやめた。真以はときどきとても怖い顔をする。彼女がなにか行動を起こすときはいつだって予測がつかない。広島へ行ってから真以はからかわれてもやり返すことがなくなった。嫌がらせをしてきた相手の目をじっと見つめてなにも言わない。すると、相手は目をそらし、おびえたように悪態をついて去っていった。でも、攻撃を受けたら真以は容赦なく反撃することを香口島の人はみんな知っていた。

「雨」と真以が窓の外を見た。この学校は山と山のあいだにあるので、窓から海が見えない。

「あ、傘わすれた」

でがけに祖母から言われていたのに。「かっぱ持ってきた」と真以が自分のリュックをさす。平蔵さんに言われたのだろう。島生まれの年長者たちの天気予報は外れない。

「使って」

「でも」

「ウィンドブレーカーがある」と真以は言い、また窓の外に目をやった。

雨は長引き、そのまま梅雨入りした。脱獄犯の情報は同じものばかりがくり返されるようになり、みんなだんだんと飽きてきた。一ヶ月を過ぎた頃、逃走受刑者の捜索要員を削減する、というニュースが朝のラジオで流れた。潮に呑まれて死んだのだろうとか、もう本州に渡って都市部にまぎれてしまったのだろうと、大人たちは言った。小さな子供はしばらく脱獄犯ごっこをして商店街ではしゃいでいたが、中学のクラスでは女の子は恋愛の話に、男の子はスポーツやゲームの話に戻っていった。

ひときわ激しい雨が降った次の日、約束の時間に真以があらわれなかった。

いつも乗る高速船が船着き場を離れていくのを、自転車のハンドルを持ったまま見つめた。よく晴れた日だった。雨あがりの空はわずかな霞《かすみ》もなく、遠くの島までくっきりと見通せた。サドルに腰をかけ、みかん色の橋へ向かって自転車をこぎだす。次の高速船に乗らなくては完全に遅刻だ。橋を渡り、亀島をぐるりと囲む車道を走ったが、シーズンオフなので車とも人ともすれ違わなかった。

朝の澄んだ空気に杉っぽい香りが混じる。すぐに、針葉樹の林の奥に建ちならぶ別荘が見えてきた。木の看板の前で自転車を停める。細い横道の先に平蔵さんの家の三角屋根が突きでている。梢《こずえ》から鳥の声が降ってくるだけで、しんと静まりかえっている。

駐車場に車もない。平蔵さんはでかけているようだ。ふと、ぬかるんだ地面に自転車の車輪の跡がついているのに気づく。

泥が車道に線を描いている。島の反対側へと向かっていた。確か、亀島には戦前からの古い灯台があるはずだった。自転車に乗り、跡をたどっていく。

島の真ん中は山になっている。その山頂へと続く道の前に、真以の青い自転車が停めてあった。雨で濡れた木の段をあがるのは怖かったので、「真以！」と叫んでみる。何回か呼んで、数分待ったが、反応がないので諦めて登ることにした。スニーカーの靴紐《くつひも》を結びなおす。

そろそろと足を運ぶ。雑草だらけの道は雨のせいでよく滑り、あっと言う間にスニーカーが泥水で汚れた。もう高速船は行ってしまっただろう。担任の先生が家に電話しないといいけれど。祖母の耳が最近遠いので電話がかかってきても気がつかないかもしれない。真以は平蔵さんがいないから学校をサボることにしたのだろうか。

あれこれ考えながら登るうちに山頂に着いた。わずかにひらけた場所に丸太がいくつか置かれている。ベンチ代わりなのだろうけど、茸《きのこ》や黴に覆われていて座る気にならない。土がむきだしになった地面に足跡があった。私より少し大きいくらいなので真以だろう。靴先は灯台のほうへ向いていた。追おうとして、ぎくりとする。

大きな足跡があった。おそらく大人の男性。真以の足跡が追うようにそれを踏んでいる。気がついたら小走りになっていた。茂みをかきわけ、小道を進む。空の下に青緑色の海が遠く見えた途端、ずるっと足がぬかるみに取られた。バランスが崩れて、体が傾いた。「うわっ」と声をあげると、誰かに腕を摑まれた。

「しっ」と耳元で声がした。「真以!」としがみつくと、また「しっ」と言われた。今度は尖った声だった。口をつぐんで、こくこくとうなずく。真以は私の腕から手を離さず、そのまま脇の茂みへと連れ込んだ。

そっとしゃがんで「こっち」と移動する。少し動くと、止まり、また少し動いて、灯台へと近づいていく。目と顎で葉のあいだから見るようにうながす。

白いずんぐりした灯台が海にのぞむ崖にぽつんとあった。灯台と言われなければわからない、二段重ねのケーキみたいな形をしている。白いはしごがついていて、白い柵《さく》で囲ってある。そこに服がかけられていた。濡れているのか、けだるげに風に揺れている。

よく見ると、灯台の根元からにょっきりと足が突きでていた。靴下も靴も履いていない。台座に寝っ転がっているようだ。

ホームレスだろうか。東京で見かけることはあっても、島では見たことがない。黒ずんだ裸の足は景色からいびつに浮いていた。

まさか、脱獄犯。ぞくっと背中に鳥肌がたつ。心臓がばくんばくんと鳴る。

真以を見ると、小声で「ここにいて」と言った。

「え」

「私になにかあったら逃げて。絶対にでてこないで」

止める間もなかった。真以は立ちあがると、茂みから飛びだした。

「こんにちは！」

大きな声をあげて大股で灯台へと近づいていく。

「大丈夫ですか？　生きてますか？」

真以の声はたんたんとしていた。そうか、雨に降られた観光客かもしれないと思いなおす。

足がぴくりと動いて引っ込んだ。

「あ、生きてますよ……」

かすれた声が聞こえた。げほごほと咳《せ》き込む。「すみません……」という弱々しい声にほっと息がもれた。怖い人ではなさそうだ。

「あの、ちょっと、後ろ向いてもらっていいですか？　女の子だよね」

「どうしてですか。女の子とか関係ない」

真以がきっぱりと言った。声がちょっと笑った。

「……そういうなら」と灯台の陰からひょいとでてきた男性はすっぽんぽんだった。しかも、髭もじゃの顔でへらへらと笑っている。変質者だ、と飛びあがった。「真以！」と叫ぶと、真以と男性はぎょっとした顔でこちらを見た。

「真以ー！　変質者！　逃げて！」

真以は男性を睨みつけると、男性の視線から私の姿を隠すように体をずらした。

「いや……変質者って、服を着させて欲しいんだけど……」

男性は力なく笑った。くしゃみをひとつする。真以が目で許可したのか、男性は片手で股間《こかん》を隠しながら、もう一方の手を柵にかけた衣服に伸ばした。「うわ、まだ濡れてる」と言いながらのろのろと身につけていく。

「この島の管理人をしている者なんですけど」

「君が？」と男性が真以を見る。短い髪に太い眉、髭が濃いが、目が夜の洗面所によくいるヤモリのように丸っこかった。

「学生だよね」

そういう男性も大学生くらいに見えた。まだ梅雨だというのによく日焼けしている。ヒッチハイカーだろうか。でも、なぜこんな車も通らないところに。

「じいちゃんが。一昨日くらいから誰かが島に入ったのは気づいてる」

「君が？」

「じいちゃんが」

真以は根気良くくり返した。

「どうしてわかるの？」

「足跡や草の踏まれ方で」

「すごいね」

「でも、私有地への出入りはなかったから」

「ああ、あの別荘ね。さすがに違うね、しっかり鍵かかっていたよ」

男性がにかっと白い歯を見せて笑った。赤ちゃんみたいな笑顔。真以はなにも言わない。片手をパーカーのポケットに突っ込んで仁王立ちをしている。男性が裸の上半身に藍《あい》色の上着をはおった。

「それ……」

こめかみがすっと冷たくなる。網屋のおじいさんが仕事のときに着る作務衣だった。波の文様が入っている。間違いない。確か、洗濯物を盗まれたと言っていた。指名手配書の写真が浮かぶ。目が違う。あんなに鋭くない。でも、あの服は。

やっぱり脱獄犯だ。膝が震えて、足に力が入らない。それでも、なんとか真以に近づいて手を握った。逃げなきゃ、一緒に。

男性は私を見て、ふっとため息をつくように笑った。

「やっぱ逃げられないか」

その言葉で真以の張りつめた空気がゆるんだのがわかった。私も男性も同時に真以を見た。

「逃げているの」

「気づいたんでしょ。いいよ、通報して」と男性がゆるい笑顔のまま言った。

「おじさんに恨みはない。私たちになにもしないなら逃げたらいい」

「おじさん」と男性が傷ついた顔をした。演技なのか、緊張感がないのか、わからない。「なにもしないよ。俺はビビりだから。君と違って」

「ビビりが脱獄するの」

「するよ」と男性はのんびりした声で言った。空の高い場所で鳶《とび》が長く鳴いた。「知らないだろ、塀の中」

「知らない」と真以は答えた。私の膝の震えはようやくおさまりだしてきた。でも、なんか、変だ。奇妙に現実感がなくて、足元がぐにゃぐにゃして立っていられない。尻にひんやりした感触がして、自分が地面にへたり込んでいることに気づく。

「葉」

繋《つな》いだ手に力がこもる。「なにもしないよ」と男性がもう一度言った。「信じられないだろうけど、刺されたくないし」

驚いて真以を見上げる。ぴくりとも表情を変えない。

「ポケットにナイフかなんか入れてるでしょ。本気で刺すつもりの奴って見せないんだよね。

近づいたときに一撃で決められるように。肚《はら》がすわってるな、君。俺は勘弁。そういう人種とはやり合わない主義。怪我なんかしたら、逃げられないしね」

両手をあげて降参のポーズをする。ややあって、「わかった」と真以が言ったが、ポケットに入れた手はそのままだった。男性はくるりと背中を向けると、着たばかりの作務衣を脱いでまた柵にかけた。

「乾くまでいさせて」と裸の背中で言う。「夕方にはでていくから」

真以は返事をしない。でも、冷たかった手にかすかに体温が戻りはじめていた。緊張がとけたのかもしれない。陽の当たる場所に移動した男性がちらっとこちらを見た。

「なんか君、制服すごい着崩しているけど不良なの？　中学生？　三年？」

真以のことだろう。彼女はブレザーを着ず、誕生日に私があげた黒いパーカーをリボンなしのシャツの上にだぼっと着ていた。

「中学一年です」

「え、こんな田舎だったら上級生にしめられないの？」

なにも答えない真以の代わりに「しめ返すから」と言うと、真以がちょっと目を大きくして私を見た。真以がだぼだぼのルーズソックスをはいた上級生三人を泣かせたのは校内では有名な話だった。男性は「アウトローだな」と笑った。白い八重歯がのぞいた。

なんとなく、この人は大丈夫そうな気がした。ゆっくりと立ちあがってスカートについた汚れをはらう。泥はしっかりとこびりついていてうまく落ちなかった。「洗いにいく？」と真以が聞いてくる。

「君はもてそうだね。かわいくて大人しそうだから」

男性があくびをしながら言った。自分に言われているのだと数秒たって気づく。

「や……」

「大人しそうだからって理由で好きになるやつなんて絶対に葉に近づけない」

打ち返すように真以が言った。男性は「お」というように口をあけて、顔を崩した。

「友情だねえ」

口調は軽かったが、表情は寂しげだった。大人がこんな顔するのかと眺めてしまった。霞がかった海のようにふやふやと輪郭がおぼろだった。警察から一ヶ月以上も逃げ続けているような人には見えない。外見は確かにくたびれてはいるけれど、あまりに頼りなく見えた。

「あの、おにぎり食べますか」

つい口にしていた。「え、いいの」と男性はヤモリのような目をきょろっと輝かせた。真以と繋いだ手を離して、茂みに戻って鞄を取ってくる。風呂敷包みを解いて、アルミホイルにくるまれたおにぎりを灯台の台座に四つ並べた。手渡すのはまだ怖かった。

「マジ助かるー」と男性は言い、拝むような仕草をしてから手を伸ばした。真以がすっと近づいて、ひとつ取っていく。男性は台座に腰かけて、真以は数メートル離れたところでおにぎりを頬張った。

「島、どんだけあるの？」

男性が眼下の海を眺めながら言って、「瀬戸内は七百以上」と真以が答えた。

「そんだけあるなら誰も知らない島ありそうだよね」

「無人島ならたくさん」

「日本で最南端の島って知ってる？」

話がそれた。「波照間島《はてるま》島……」と私が言うと、男性は「南波照間島があるんだって」と二個目のおにぎりのアルミホイルをはがした。

「伝説の島だけど。サンゴ礁にかこまれた楽園のような島なんだってさ。重税に苦しむ農民が逃げたって記録があるらしい。追手は辿《たど》り着かなかったってことは誰もが行ける島じゃないんだろうな。ニライ・カナイってやつ？」

知らない言葉だった。けれど夢のような場所をさすことはなんとなくわかった。

「おじさんはそこに行きたいの？」

おにぎりを食べ終えた真以が静かに言った。

「あればね」と、男性はまたため息をつくように笑った。「てゆうか」と頭を掻《か》いた。白いものがぱらぱらと落ちた。

「ここでないどこか、を夢みない奴っているのかな」

真以は返事もせずじっと遠い海を見つめていた。

真以は男性を亀島から追いださなかった。それどころか、雨宿りできる洞窟《どうくつ》の場所を教えた。

それは灯台の下にあり、海に面した崖をつたって降りなくてはいけないので、平蔵さんから行くのを禁止されていた。私は行ったことはなかったが、真以は平蔵さんと一緒に行ったことがあるようだった。

「そこって満ち潮のときも大丈夫なの?」と男性は怯《おび》えていたが、真以はぶっきらぼうに「行けばわかる」と言った。「暗くなったら降りられないから」とだけ言い残して、私をうながして帰った。平蔵さんの家に着いて時計を見ると三時だった。ずいぶん長くいたんだなと思いながら制服の泥を洗わせてもらって、いつもの帰宅時間に合わせて家に帰った。運良く、学校を休んだことは祖父母には知られなかった。

次の日は土曜だったので、昼過ぎに高速船で帰ってくると真以と亀島へ行った。

男性はまた灯台の台座に寝転がって日光浴をしていた。今日はちゃんと服を着ていた。真以を見ると「ありがとう、よく眠れたよ。あれ、動くの?」と笑顔を見せた。「壊れてる」と真以は即答した。目で聞いたが、真以はなんのことを話しているのか教えてくれなかった。「トイレは海でできるし快適」と男性は嬉しそうだった。

おにぎりと買ってきたパンをあげた。真以は手ぶらだったが、「本とか読む?」と聞いた。男性はくつろいだ様子で「読まなーい」と伸びをした。ぼんやりと海を眺め、「俺、ホストしてたことあるんだよね」と急に自分の話をした。真以と声をそろえて「見えない」と言った。

日曜は真以とサンドイッチとドーナツを作って持っていった。男性はなんでもおいしそうに食べた。二人で秘密を共有していることに私たちはちょっとはしゃいでいた。

灯台への山道には灯りがなく、夕方には真っ暗になってしまうため、学校がある日は行けなかったが、真以はちょこちょこ顔をだしているようだった。私のいないところで差し入れもしているようで、男性は平蔵さんの若い頃の服を着、少しずつ身ぎれいになっていった。相変わらず灯台にいたが、キャンプ用のカセットコンロでコーヒーなんかを淹れるようになった。もういなくなったかな、と言い合いながら山道を登ると、脚を投げだして座る後ろ姿があった。平蔵さんがよく身に着けている服と同じロゴの入った古いキャップを被って、景色の一部みたいにそこにいた。

ニュースや指名手配書で男性の名前は知っていた。けれど、真以も私も名前を呼ばずに「おじさん」と言い続けた。もう男性への恐怖心や警戒心は薄れていたが、名前を呼んでしまったら自分がしていることを認めてしまうようで怖かった。男性は「お兄さん」にしてと懇願し続けたので、真以が「髭剃《そ》ったらね」と安全剃刀《かみそり》を渡したら、見事に「お兄さん」になってしまった。大人の男の人にしては顎が細くて、優しい目をしていることに気がついた。髪や服がちゃんとしていたら、けっこうかっこいいのかもしれない。真以は「つるんとしたね」とだけ言った。キャップを被った私服姿の真以と並んでいるときょうだいみたいに見えるようになった。

「実はさ」とお兄さんは言った。私がこっそり盗ってきた祖父の煙草を吸いながら。

「目的はもう果たしたんだよ」

「目的」と私はくり返した。真以はちょっと首を傾げた。

「脱獄の。本当はもう逃げている理由もないんだけど、捕まってもいいと思っていたら捕まらないもんだね」

　私たちはどこかでお兄さんのことをゲームみたいに思っていた。いなくなったら終わりの現実味のない秘密の遊び。でも、彼も私たちのことを幻みたいに思っている気がした。茂みからでてくる妖怪とか妖精とか、気まぐれで施しをくれるなにか。だから、お兄さんは私たちの反応にはお構いなしに喋った。

「キッカノチギリって知ってる？」

　お兄さんは小枝でがりがりと地面に、菊花の約、と書いた。「約束の約ね、これ。雨月物語。俺、古典苦手だったんだけどさ、そいつが教えてくれたの」

「そいつ？」

　真以が言った。お兄さんはその言葉で顔をあげた。

「友達。最後に会いたくてね」

「最後」

　ただ微笑むばかりで答えてくれなかった。お兄さんは穏やかな日がほとんどだったけれど、たまにむっつりとふさぎ込んでいる日もあった。なんとなく父を思いだした。気分というものを見せられてしまうことに不安が募った。雨の日は行かないようにした。

　ある日、平蔵さんの家に行くと、真以はもうでた後だと言われた。「おや、行き違ったかな。葉さんのところへ行くって言っていたよ」と平蔵さんは言い、箱入りのナッツチョコレートをくれた。

なんとなく胸騒ぎがして、灯台へと急いだ。平蔵さんに見つからないように自転車では行かないようにしていた。気がせいて、なかなか進まないのに自分の心臓の音ばかりが耳についた。山道はもう蒸し暑く、雨を吸って盛んにのびた葉や蔦が邪魔だった。額の汗をぬぐいながら登った。

茂みをかきわけると、ずんぐりした灯台が見えた。

真以の細い小さな背中が見えた。そのそばにお兄さんが立っている。真以の頭の近くで動く手元が、キラキラと太陽光を反射している。「できた」と青いビニールを払った。

その瞬間、風が吹いた。黒い無数の線が、風の模様のように空に舞いあがっていく。高速船の手すりで、自転車で、浜辺で、何度も見た真以の長い黒髪が、自由になって飛んでいくのを私は呆然と眺めていた。

「葉」と真以がふり返る。すっきりした首で。切れ長の目がまっすぐこちらを見た。

「……髪、切ったの」

「かっこよくなったでしょ。俺、美容師の資格持ってるんだよ」

鋏《はさみ》を持ったままお兄さんが笑った。二人の足元には無数の毛が散っていた。それはあのきれいだった真以の髪の毛とはまったく違う、黒々と不吉なものに思えた。

5

「おかしくないかな」

帰り道、めずらしく真以はそう聞いてきた。

一歩ごとに薄暗くなっていく灯台からの山道で、表情は見えなかったが、髪のことだとすぐにわかった。それなのに、私は「なにが？」と聞き返した。靴先にぶつかった小石が真以の脚の横で大きく跳ねて転がっていく。

「あ、ごめん」

声がうわずった。

「当たってない」と、先にたった真以はちらっとふり返った。それきり、髪のことなど忘れてしまったように黙った。

どうしよう。じわっと手のひらに汗がにじむ。変な意地悪をしてしまった。ちっともおかしくなんてない。短い髪は真以のかたちの良い耳ときれいな顎のラインを際だたせていた。いっそう小顔になったせいで、手足が前よりも長くなったように感じられ、前と同じ服装をしているのにお洒落に見えた。でも、「似合うよ」とは言えなかった。お兄さんと離れてから私に聞いてきたことも、彼を気遣っているようでもやもやした。

木々の隙間に車道が見えてきた。とん、とん、と山道の段を下りていく真以の背中を見つめる。むきだしになった首筋が薄青くなった空気に白く浮いていた。

潮風に吹かれて黒い翼のように揺れていた、あの長い髪はもうない。

髪くらい、と足元に目を落として自分に言い聞かす。

なんてこと、ない。

そう思おうとしても、髪の毛と一緒に真以との時間や絆《きずな》を断ち切られたように感じてしまう。真以が私になんの相談もなく髪を切ってしまったことが喉の奥にひっかかっていて、うまく言葉がでない。

勝手に決めて切ったのなら、いまさら似合っているかなんて聞かないで欲しい。

どろどろとした感情からぼこっとわいた言葉に驚いて足が止まった。

はっと口に手をやる。

言葉にしてはいない。ああ、でも、私は真以に怒っているんだ。

車道にでた真以が、伸びすぎた木の枝を手で押さえながら私を見た。ぎゅっと拳を握り、「ありがと」と小さく言ってアスファルトの道へと下りる。もわっとした空気は山道とほとんど変わらない。

「風がないね」

「明日は雨がくるってじいちゃんが言っていた」

歩きながら、いつもと変わりない声でたんたんと真以が言う。真以の住むログハウスを通り過ぎる。平蔵さんの白いバンはなく、島の外へでかけたのか、小屋は木々の中に暗く沈んでいた。真以は橋まで送ってくれるようだった。

崖をまわると潮の香がした。島と島を繋ぐみかん色の橋は、もう夕闇に浸って色をなくしている。亀島から見ると、私が住む島はずいぶん明るく見えた。人家の灯りがぽつぽつと点《とも》り、遠くには青白い光を放つ大きな橋がかかっている。

学校帰りの別れ際、船着き場から見る亀島の暗さを思いだした。月や星があるだけ夜空のほうがまだ青く、亀島は塗ったようにべったりと黒かった。私がみかん色の橋を渡れば、この島にはお兄さんと真以の二人きりになってしまう。私の住む島からは見えない暗闇の中に。

「ねえ、真以」

みかん色の橋の前で真以の横顔を見た。香口島の灯りをさして、わざと明るい声をだした。

「今年の夏祭りは一緒に行こうよ」

「うん」と短く真以が答える。

「約束ね」

間が空いて、「どうしたの」と笑われた。急に真以が大人になってしまったようで、胸がちりっと痛んだ。

「真……」

「学校、三日くらい休む」

呼びかけた声がさえぎられた。

「え、なんで」

「じいちゃんと、会いに行くから」

広島に、とつけ足す。誰に会いにいくか、言いにくそうな様子からすぐにわかった。真以の母親はめったに島に帰ってくることはなかったが、ここ最近は数ヶ月おきに平蔵さんが真以を連れて顔を見せにいくようになっていた。いつも紙袋いっぱいに甘いパンや菓子を持って帰ってくる。「葉にも、だって」とぶっきらぼうに渡してくるときも、誰からか言わなかったが、真以はどんなにたくさんあってもちゃんと食べていた。

それでも、たいていは日帰りか一泊だった。三日はめずらしい。

「お兄さんはどうするの？　私が行こうか」

「放っておいていい」と真以は即座に言った。「大人だし、なんとかするでしょ」

「そうかなあ」

みかん色の橋を見つめながら平蔵さんが帰ってくるのを待った。私がいなくなったら真以はお兄さんのいる灯台に戻っていきそうな気がした。夜は行かないと言っていたのに、なぜそう思ったのかわからない。でも、妙な胸騒ぎがして、私はぐずぐずと時間稼ぎをしようとした。

「大人って言ったって、私たちみたいな子供に頼ろうとする大人だよ。逃亡犯のくせに、すぐさびしいさびしい言うしさ」

「確かに」

真以がふっと笑った。胸がまたちくっとした。なんだか、自分の内側が、今日は騒がしい。

嫌だな、嫌だな、変に苦しくて顔がこわばる。

「私、ああいう大人ってちょっと苦手。弱くて、ずるい。うちのお父さんがそうだから」

「お父さん？」

「うん、自分の機嫌でまわりをふりまわすの。お母さんはいっつも、お父さんは弱い人だからってかばうけど、弱い王様みたいなんだもん。大人のくせに我がままで、自分が一番大事なんだと思う。あのお兄さんも似たような匂いがする」

真以は黙っていた。真以からは父親の話を聞いたことがなかったから、いままで父のことを話すことはなかった。でも、いまはわざとしていた。

自分は真以の気をひきたいんだ、と気づいて、耳が熱くなった。けれど、いまさら止められない。

「お父さん、自殺しようとしたんだ」

かすかに真以の肩が動いた。

「だから、お母さんは気をつかって大事に大事にしてるけど、でも、そんなの無責任じゃない？　大人が、子供がいるのに、自殺しようとするなんて。お兄さんも無責任だよ。友達に会いたかったから脱獄したって言うけど、そもそも、悪いことしなきゃ捕まらなかったんじゃないの。でも、それ言ったらきっとむっとするよね。お父さんも都合悪いとすぐ黙ったり怒ったり嘘ついたりする。人として信じられないよ」

勢い込んで話しているうちに視界がにじんで声がかすれた。恥ずかしい。真以の興味がお兄さんに向かうのが嫌で悪口を言うなんて子供みたいだ。走ってもいないのに息が乱れる。真以を見られなくて、海のほうを向いた。

警笛が低く響いて、赤いライトを点滅させた大きな船が黒い影となって島と島のあいだを通過していく。もうすっかり夜だ。足元まで暗い。

「大人でも」

真以が静かに言った。

「逃げたくなるときはあるんだと思う。弱いとか、強いとかじゃなくて」

目が合った。黒い、なにもかも吸い込んでしまいそうな真以の目。

「葉のお父さんのことはわからないけど、あの人とは違う人だよ」

お兄さんじゃなくて、あの人と言った。私の知らない人に思えた。真以にしか見せない彼の顔があり、彼にしか見せない真以の顔があることを感じた。その瞬間、電流のように激しい痛みが体に走った。

「真以」

目をそらしていた。

「やっぱ、髪、長いほうが好きかも」

沈黙が流れた。どくんどくんと速くなった脈がうるさい。手が震えている。片手でもう一方の手首を摑む。

「ごめんね」

ややあって、真以が言った。夜の海のようにしんと低い声だった。

意味がよくわからなかった。なぜ、謝るのか。でも、声には確かな気持ちがこもっているように思えた。

「真以？」

「今日、夕飯当番なんだ」

真以がさっときびすを返す。「じゃあ」と軽く手をあげる。いつもと同じ別れ際の仕草。パーカーのポケットに両手を突っ込み、まっすぐに歩き去っていく。

私は呆気《あっけ》にとられて、真以の後ろ姿を見送った。さっきまで険悪な空気になっていたのに、あまりに唐突に話を終わらせられた気がした。

白く浮かんだ首筋が崖を曲がって見えなくなって、彼女が約束をするのが嫌いだったことを思いだした。

初めて出会った日、夜の砂浜で言ったのだ。約束はいらない、と。

——約束するのは信じていないみたいだから。

夏祭りの約束をねだった私は真以の目にどう映ったのだろう。くうっと声にならない音が喉からもれた。じっとしていられなくて駆けるようにして橋に向かった。

弱いライトが落ちる橋は、海に浮かぶ灰色の道のようで、一人で歩くと波の音が耳についた。

海の低い唸《うな》りはざらざらと胸の底をこすり、布団に入っても消えなかった。

真以のいない学校は退屈だった。けれど、その凪いだ海のような起伏のない時間は、胸を騒がせることもなくゆるゆると過ぎていって、それはそれで楽でもあった。

教室のざわめきも、用もないのに話しかけてくる先輩男子の声も、女子の陰口も、世界と自分のあいだに透明な壁があるように直接的には響いてこない。なんだか水族館みたいだ、と思ってから、島に来てから水族館にも動物園にも行っていないことに気がついた。水族館に連れていってもらったのは、ずっとずっと小さい頃だ。天井まである青い水槽には私を見守る父と母の顔が映っていて、小さな私は誇らしげに大きな声をあげてはしゃいでいた。

いま、まわりには私を気遣う人は誰もいなくて、私はひとり水で満たされた水槽の中にいる。音も光もぼわんぼわんとゆがんで届く。でも、心は静かだった。

真以の強さが私にも流れ込んだのかもしれない。もしかしたら、と思う。もう、真以がいなくても大丈夫なんじゃないだろうか。寂しさと平穏の境を揺らめくようにして一日を過ごした。

朝から空が重かったが、帰りのホームルームの頃には空気はすっかり鉛色になっていた。昨日、真以に雨がくると言われたのに、また傘を忘れてしまったので、急いで教室をでて自転車を飛ばして帰った。高速船に乗ろうとすると、後ろから女の子が話しかけてきた。リボンの色が同じだけれど知らない顔だ。違う島の子のようだった。

「あの、桐生さんはお休みなんですか？」

同じ学年のはずなのに敬語だった。

「そうだけど」

「風邪ですか？」

あいまいに笑ってごまかす。真以の家庭の事情を話す気はなかった。

「これ、渡してもらえませんか？」

女の子はうつむきながら、花模様の可愛い封筒を差しだしてきた。耳が真っ赤だ。受け取らずにいると、空からぽつっと水滴が落ちた。女の子が慌てて手で払う。

「自分で渡せば」

そう言うと、女の子が顔をあげた。

「いつもあんたと一緒だから話しかけられないの」

ようやく敬語じゃなくなった。女の子が私を睨みつけてくる。この子、私に嫉妬《しっと》しているんだと思うと、ちょっと可笑しくなった。制服をきちんと着て、髪を校則通りにひとつに結んだ地味な子だった。次に会うときには顔を忘れているだろう。必死の表情で私のせいにしているけれど、みんなの前で真以に話しかける勇気がないだけじゃないか。

「ふーん、そう」

背を向けると、腕を摑まれた。「なに」と見返すと、一瞬ひるんだ目をして手を離した。大げさにため息をついてみせ、自転車を抱えて高速船に乗った。女の子はまだ私を見ていた。灰色の雨粒が斜めに空気を裂きはじめる中、甲板に立って女の子が小さくなっていくのを眺めた。

鉛色の空気にぼやけた女の子が、昨日の自分の姿に見えた。真以に置いていかれた自分。私も嫉妬したのかもしれない。それで、真以にあんなことを言ってしまったのだ。鬱陶《うっとう》しかっただろうな、と恥ずかしくなった。会ったらちゃんと謝ろう。お兄さんのことを悪く言ったことも。正直に話せば、真以はいつだって受けとめてくれる。

みかん色の橋が見えてくる頃、雨はけっこう激しくなっていた。波も高く、水かさも増している。

お兄さんはどうしているか気になったが、傘もなかったので灯台には寄らずに帰った。真以がいるときでも雨の日は行っていなかった。天気が悪い日、お兄さんは真以が教えた洞窟で過ごしているはずだった。

家に帰ると、下着までずぶ濡れだった。柑橘の箱が積まれたガレージに自転車を放り込み、祖母に雑巾《ぞうきん》を持ってきてもらって勝手口から家に入った。濡れた髪を拭いていると、空が重く鳴り、ちゃぶ台の上の電球がちかちかと震えた。風も吹いてきていた。

「今日はもう、いけんねえ」

祖母が素早く雨戸をひき、家の中が真っ暗になった。ほどなくして合羽を着た祖父が畑から帰ってきた。祖父は帰宅するとまず風呂に入る。それから晩酌をして、夕食という流れになる。祖母は私に風呂の準備をするように言いつけ、慌ただしく食事の用意をはじめた。

いつもより早い時間に夕食が終わり、自分の部屋に行こうとすると、玄関の戸を叩く音がした。けっこう激しい。祖母が立ちあがり「はいはい」と廊下へでていく。顔を赤らめて畳に寝転んでいた祖父も上半身を起こした。天候の荒れた晩に外にでる者は滅多にいない。声がかかるのは、島民の生活の糧となる畑や海になにかがあったときだけだ。

男性の声がした。すぐに祖母が「葉ちゃーん」と私を呼んだ。

「んー」と廊下に顔をだすと、「葉さん、真以はいつ帰りました?」と平蔵さんの大声がぶつかってくるように響いた。いつも子供にも礼儀正しい平蔵さんが挨拶もないのはめずらしい。

「どがんしたん、こげな晩に」と祖父も負けじと大きな声をだす。

玄関から身を乗りだすようにして平蔵さんが私を見る。雨に濡れた顔は青ざめて見えた。開きっぱなしの引き戸からは雨風が吹き込んでいる。

「いつって、昨日から会ってません。平蔵さん、真以と広島じゃないんですか?」

平蔵さんは「え!」と目を見ひらいた。

「わたしには葉さんの家に泊まりにいくと……昨日、置手紙があったんです。でも、あまりに帰りが遅いので……」

祖母が私と平蔵さんの顔を交互に見た。

「真以がここに泊まりにきたことはないです」

心臓の音を呑み込むようにゆっくりと言った。お兄さんと真以が並んで立つ姿が頭をよぎった。まさか。

「じゃあ、今日、学校へは?」

一瞬、嘘をつこうか迷った。けれど、真剣な平蔵さんの顔を見て、だめだと思った。

「……きてないです」

ぎしっと床板が鳴った。祖母が私を見る。

「葉ちゃん、なにしよんじゃあ」

私はじりじりと自分の部屋へと後ずさりしていた。真以はきっとお兄さんと洞窟にいる。私が、行かなきゃ。

「私も捜す」

「いけん！　うちにおれ！」

祖父が廊下に顔をだして怒鳴った。膝に手を当てて立ちあがりかけ、眉間に寄った皺がかすかに動いた。

「平蔵、お前、なしてそげに血相変えとんじゃ」

びくっと平蔵さんの体が揺れる。顎鬚《あごひげ》から水滴が落ちた。

「……船がない」

「船？」とつぶやいた祖父がすぐに「あのボロ船、まだあったんか！」と声をあげた。

「積み荷も燃料もない、空っぽの船だ。灯台の下の洞窟に繋いでおいただけで使ってはいない」

「当たり前じゃ。あげな古い木造船、波でばらばらになるわい」

祖父はふんと鼻を鳴らした。祖母はよくわかっていないようで、ぽかんとした顔のままタオルを取りに台所へ行ってしまった。私も同じような顔をしていたと思う。洞窟に船があったなんて知らなかった。

海が荒れ、潮が満ちてきたので、船の様子を見に洞窟に行ったのだと平蔵さんは言った。船を繋いでいたもやい綱は刃物のようなもので切られていたそうだ。

「葉さん、真以が昨日着ていた服はこれかい？」

平蔵さんが合羽の中から見覚えのあるパーカーを取りだす。私が真以にプレゼントしたものだ。ポケットに手を突っ込んで去っていく真以の後ろ姿がよみがえる。

「洞窟に落ちていた。あと、汚れた男もののシャツに破れたTシャツ」

片方だけの靴下、コーヒー豆、ノートの切れ端、果物の皮、パンの袋、丸めたラップ……平蔵さんが本を読みあげるみたいに温度のない声で次々にあげていく。

「あそこで……真以は誰かと一緒だったのかね？」

こめかみがすうっと冷たくなった。手足の感触がない。心臓だけがばっくばくと口から飛びでそうに大きく鳴っている。ぎこちなく首をふった。

「葉！」

祖父の厳しい声に体がすくんだ。「葉さん」と肩に平蔵さんの大きな手が触れた。ぽたぽたと雨水が滴る。

「あの船でこんな海にでたら命が危ない。真以が洞窟でなにをしていたのか、知っていたら教えてください」

お兄さんのヤモリのような丸い目を思いだした。どこか心ここにあらずの笑い顔。私のあげたおにぎりを頬張る姿。あれは、しちゃいけないことだった。

「船が……船があるなんて、知りませんでした……私は……洞窟には……行ってません」

なんとか声をしぼりだすと、涙もこぼれた。ぺたっと尻に冷たい感触がして、気がついたら廊下にうずくまっていた。体の震えが止まらない。

「南……波照間島に……」

「はてるま？」

「南波照間島に行ったんです……きっと。お兄さんが連れていった……真以を……真以を連れて逃げたんです……やっぱり悪い人だった！」

「お兄さん？」

もう祖父の声なのか、平蔵さんの声なのかわからなかった。私は耳をふさいで「ごめんなさい！」と何度もくり返した。叫ぶように言いながら、心の中では真以の名を呼んでいた。どうか、どうか、無事でいてと、泣きながら祈った。

誰かがずっと私の体を揺すっていた。泣いても泣いてもその手は止まらなくて、私はひたすら謝り続けた。


夕食はすべて吐いてしまった。めずらしく祖母がかばってくれて、私は祖母の膝枕で短い眠りに落ちた。暗い穴に落ちていく夢をみた。悲鳴をあげて起きると、部屋は知らない大人でいっぱいだった。

外はまだ嵐のようだった。けれど、雨や風の音は大人たちによってさえぎられていた。部屋にいるのは男の人ばかりで、彼らの声や身じろぎする気配が畳に横たわる私の体に降ってきた。目をこする。警官の制服を着た人がいる。雨戸の隙間から外で赤い光が点滅しているのが見えた。あれはパトカーだろうか。祖父が怒っている声が聞こえた。大事にしないで欲しい、というようなことを言っているのがぼんやりと伝わってくる。こんなときでも、近所の目が気になるみたいだ。

影がかかって、誰かが私をのぞき込んだ。見覚えのある白黒の写真が目の前に広げられる。船着き場に貼られていた指名手配のポスターだった。

「この人で間違いない？」

うなずく。今度はカラーのスナップ写真が差しだされた。明るい色に染めた髪に派手な色のシャツ、ジャケット。薄暗い部屋でグラスを持って乾杯をしている。ああ、お兄さんがホストだったたっていうのは本当だったんだなと、妙にさらさらした頭で思う。

「この人？」

また、うなずく。

「ちゃんと見て。冗談じゃ済まされないよ」

男の人の声が険しくなる。島の人の言葉ではなかった。私の怯えが伝わったのか、祖母の腕が肩を抱いた。

「もう遅いけえ、勘弁してください」

「申し訳ないですけど、署まできていただかなくてはいけません。逃走受刑者をかくまっていた可能性がありますので」

「かくまうってなんじゃ。まだ子供じゃけえ、なんも知らんでしたことじゃろうが」

祖父が割って入ってきた。

「平蔵とこのは自業自得じゃ。あの家の女はいなげじゃけえの」

悪口をまくしたてる。平蔵さんはもういないようだった。男の人たちは、また明日来ますと言って帰っていった。その晩は祖母と眠った。目をあけても、とじても、暗くて、雨風の音がして、こんな夜に真以は外にいるのかと思うと苦しくなって、「真以」と叫んで泣いた。祖母は疲れた声で「葉ちゃん、落ち着きんさい」と私の背中を撫でた。

一晩たって嵐は過ぎ去り、あっけらかんと澄んだ空がひろがっていた。あまりに嘘くさい青空に頭も体もふわふわした。晴れた空をヘリコプターがばらばらと音をたてて飛んでいた。また警察官がやってきて、私と祖母はパトカーに乗って新しい橋を渡って一番大きな島の警察署に連れていかれた。

祖母と引き離されて、何度も同じ写真を見せられ、同じ質問をされた。亀島の灯台へも連れていかれ、いつ、なにを喋って、なにを渡したか聞かれた。覚えていることはすべて正直に話した。最初は泣いたり謝ったりしていたが、そのうちなにも考えられなくなって、聞かれたことにたんたんと答えるだけになった。ときどき女性の警察官と二人だけにされて変な質問をされた。体に触られていないかとか、服を脱がされたりしていないかとか、私たちをなんて呼んでいたかとか。初めて会ったときにお兄さんが裸だったという話をすると、何度もそのときのことを聞かれた。

警察の人は「桐生真以ちゃん」と言った。よそよそしい発音の名前を聞くたびに息が浅くなった。真以が違うものになっていくようで怖かった。「早く助けてください」と頼むと、大人たちは微妙な表情を浮かべた。

天候は再び崩れた。嵐の音は不吉なイメージをもたらして、うまく食べものを呑み込めなくなった。何度も夜中に目が覚めて、昼間はずっと眠たかった。祖母が母を呼んだが、母がやってきても、私の不安はひとかけらも減ることはなかった。むしろ、母の腫《は》れ物に触るような扱いに苛々《いらいら》した。真以は生きているのに、きっと無事なのに、母は私が巻き込まれた災難を嘆いてばかりいた。

ヘリコプターが島のまわりを飛ぶようになって四日目に、ようやく平蔵さんの木造船が見つかった。岡山のほうの、無人島に漂着していたらしい。岩礁に囲まれた、小型船以外は近づけない島だったようで、船内の捜索は遅れた。あちこち損壊した木造船は無人で、人がいた形跡はあったものの、真以の持ち物はひとつも見つからなかった。

真以が学校を休んだ日、親戚だと名乗る若い男性の声で病欠の連絡が入っていたことがわかり、ついにテレビで行方不明のニュースが流れた。アナウンサーの女性はロボットみたいな顔で真以の名前を読みあげ、「誘拐の可能性を視野に入れて捜索を続けています」と言い、情報提供を呼びかけていた。中学の入学式のときに撮った真以の写真が画面に映っていて、名前の横には（13）の数字が浮かんでいた。それが真以の年齢を表していることに気づくのに数秒かかった。写真の真以はいつかの童話で読んだ不幸な女の子のようで、私の知っている強くて恰《かっ》好《こう》いい真以とは違う子に見えた。

学校へはずっと行けていなかった。船着き場に近づけないのだ。海を見ると、波間に揺れる真以の顔が浮かんで体が震えた。黙って真以をさらっていったお兄さんがずっと真以を大事にしてくれるとは思えなかった。笑いながら真以を海に突き落とす姿が、ぬぐってもぬぐっても頭をちらついた。

島ではカメラやマイクを持った人たちを見かけるようになった。どこから情報がもれたのか、祖父母の家にも記者が取材にやってきた。「お孫さんにお話をうかがえませんかー」と大きな声が聞こえてくるたびに、自分の部屋の布団に逃げ込んだ。

布団の中は暗く湿っていて息苦しかった。口で息をしながら、真以はいまどこでどんな思いをしているのだろうと思ったら、またじわじわと涙がにじんだ。

畳を踏んで誰かが近づいてくる気配がして、ぽんとかけ布団に重みがかかった。

「葉」

母の声がおずおずと届く。

「ちょっと東京に戻ってみない？」

首を横にふった。いま、この島を離れるのは真以を見捨てるみたいで嫌だった。勢いよく首をふったせいで布団に隙間ができて、そこから光と母のため息が入ってきた。

「冷たいようだけど、お友達はお友達、葉は葉なの」

乾いた音がかすかにして布団の隙間から紙が見えた。ざらざらした粗い印刷の真以の顔写真が逆さになっている。あちこちで配られているようだった。逆さまの写真に違和感があった。いつ見ても、真以に見えて真以じゃないという違和感があったが、それとはちょっと違った。

頭をあげる。部屋に差し込む日光が、逆さになった真以の長い黒髪を白っぽくかすませていた。あ、と声がもれる。

髪だ。あの日、真以は髪をばっさりと切った。どうして忘れていたんだろう。

「あなたはできることはやったのだから……」

母はまだなにか話していた。「髪!」と叫んで、かけ布団をはねのける。驚いた顔の母と目が合った。ちゃんと母を見たのはひさしぶりな気がした。目の下にくまができ、生え際に白髪が交じっていて、どことなく祖母に似てきたように見えた。

「どうしたの?」

そっと母が私をうかがう。

「真以はいま髪が短いの。私と、お兄さんしか、知らない」

忘れていたわけではなかった。私と真以のあいだにぎこちない空気を作った原因を、私はなかったことにしたかったのだった。

口をあけたままの母に「警察に」と言った。ざわざわと胸が騒いでいた。あのとき、真以が言った「ごめんね」が黒い不安に繋がっていくのがわかった。

真以が家に帰らなかった日、本土へと渡る高速船に兄弟が乗ったのを、商店街の肉屋のお婆さんが見ていた。背の高い兄は釣り竿《ざお》を持ち、中学生くらいに見える弟はクーラーボックスを持っていたらしい。島に釣り目当ての観光客が来るのはめずらしいことではなかった。ただ、もうすっかり日も暮れていたので、ずいぶん遅い時間まで釣りをしていたのだなと眺めていた。歳は離れているように見えたが、並んで甲板に立ち、ずっと話をしていて仲が良さそうだったと、お婆さんは言った。

おそらくその弟に見えたのが髪を切った真以だった。平蔵さんが調べると、別荘に保管していた釣り竿とクーラーボックスが一セットなくなっていた。

洞窟の木造船の綱が切られていたため、誰もが海へ逃げたと勘違いした。けれど、真以と脱獄犯は陸へと逃げたのだった。髪を切り、似たような服を着て、兄弟を装って。少女と青年が連れだっていたら目につくが、釣りを楽しみにきた男兄弟ならば一緒にいて不自然ではない。彼らは電車に乗り、街の人混みの中へ消えた。

ひとつ、ひとつのピースがゆっくりとはまっていった。

あの嵐の晩、平蔵さんがやってきたときから、変に足元がぐにゃぐにゃして現実感がなかった。それが、確かな重みを持って固まっていくのを感じた。

真以は連れ去られたんじゃない。

一緒に、逃げたのだ。

ぜんぶ、計画通りだった。髪を切ったのも、洞窟に私がプレゼントしたパーカーを置いていったのも、私に嘘をついたのも。

――本気で刺すつもりの奴って見せないんだよね。

そう言った脱獄犯は真以の本性を見抜いていた。

あの「ごめんね」の意味がやっとわかった。

私は真以に裏切られた。

船着き場には報道陣があふれ、みかん色の橋には中継車が常に停まるようになった。テレビのワイドショーでは連日、真以と脱獄犯の関係や行方を専門家が分析し、週刊誌には「女児連れ去り」「禁断の逃避行」「母親はストリップ嬢」といった見出しと共にあることないことが書かれた。亀島は「脱獄犯が潜伏した島」と話題になった。柑橘の段々畑と海と空しかなかった退屈な島は、殺伐とした騒がしさに包まれてしまった。ちょっと外にでればフラッシュの光に目がくらみ、息つく間もないくらい質問が押し寄せた。

真以ちゃんはどんな子でした？

逃亡受刑者と真以ちゃんはどんなことを話していた？

二人はあの島でなにをしていたの？

知らない、知らない、私が知りたい。真以がどんな子だったのか、もうわからない。二人が私に隠れてなにをしていたかなんて、私が知るわけがない。

君も逃亡受刑者と接触したんだよね？

どうしてすぐに通報しなかったの？

その質問でいつも体も頭もかたまってしまう。どうして、私はおにぎりをあげたんだろう。警察に話して、真以が住む島からさっさと追いだせば良かったのに。そうしたら、真以と私は一緒にいられた。毎朝、待ち合わせをし、二人で高速船の甲板に立って海を眺めていたはずなのに。

でも、真以はそんなものは求めていなかったの？

ここから、私からも、逃げたいと思っていたの？

フラッシュの光の中、向けられる無数のマイクは、私を答えのない自問自答の暗い穴に落とした。冷たい汗がこめかみをつたい、私は地面にしゃがみ込む。

真以、どうして、どうして。なんで、私を裏切ったの。

どうして、ここに私を置いていったの。

私の手を摑んで走ってくれた真以はもういない。私はここから逃げられない。大人たちの汚れた靴に囲まれて、怒り狂った祖父がやってくるまでじっとしていることしかできなかった。もう涙はでなかった。

祖父はずっと不機嫌だった。祖母は日がな疲れをにじませるようになった。母は東京と島とを行ったり来たりしていた。父はまったく顔を見せず、そのことについても祖父は怒っていた。たびたび島の男たちがやってきて祖父と話し込んだ。酒が入ると声が大きくなり、「疫病神」とか「災難」という言葉が聞こえた。観光地化しようとしていた島の印象が悪くなったことに怒っているようだった。

「子供じゃいうても、あの家の女じゃけえのう」

男たちが口にする「女」には嫌な響きがあった。

「たぶらかしよったんじゃろ」

「あの歳でもう男を知っとる」

「ショーフの血じゃけえ」と誰かが言った。「ジューグンイアンフ」という耳慣れない言葉も聞こえた。

台所へ行くと、祖母が流しで葉野菜を洗っていた。

「言うたじゃろ」と息を吐きながら言う。「いなげな子じゃけえって」

ざぶざぶと水音でごまかすように「関わったらいけんのよ……」とつぶやいた。

「おばあちゃん」

祖母はふり返ってはくれなかった。葉野菜の根元を一枚一枚、神経質に洗い続けていた。

真以は大阪で保護された。梅雨が過ぎ、夏の気配がただよいだしてきた頃だった。

自分で交番にやってきたらしい。汚れた男もののTシャツにジーンズ、球団のロゴの入ったキャップをかぶり、ポケットには小銭しか入っていなかったとテレビのニュースで聞いた。体に目立った外傷はありませんでした、とアナウンサーが真面目な顔で言った。「マイちゃんが見つかってほんと良かった。うちも娘がいるから」と知らないおばさんが満面の笑みで喋っていた。

真以は見つかったけれど、島には戻ってこなかった。「保護」がどういうことなのかわからないけれど、真以がいなくなったときの私のように、毎日あれこれと質問されているのだと思った。

それきり、私はニュースを見るのも、新聞をひらくのもやめた。母に「東京に帰る」と電話をして、部屋の片付けをした。真以にひとつあげた手作りのヘアゴムはすっかり色褪せていて、ゴミ袋に放り込んだ。小学校の卒業アルバムも、真以にもらった本も、一緒に拾った貝殻やシーガラスも、島のものはぜんぶ捨てた。

母が迎えにきて、学校の手続きはすべてやってくれた。誰にも別れの挨拶をしなかった。祖父は最後まで不機嫌そうで、私が東京に戻る日も朝早く畑に行ってしまった。祖母はなんとなくほっとした顔で私を見送ってくれた。高速船が走りだすと、母はさっさとクーラーのきいた船室に入ってしまった。私は誰もいない甲板に立った。

日差しはもう夏だった。昼過ぎなので学生もおらず、船着き場にもほとんど人がいなかった。まぶしい太陽光が海に反射して、視界が白く染まる。

目をとじると、数日前の晩を思いだした。

玄関の照明の下に平蔵さんが立っていた。「帰れ！」と怒鳴る祖父を押しとどめて、私が外へでた。立ち話もできそうになかったので、みかん色の橋まで送ります、と言うと、いまは亀島を離れていると平蔵さんは遠慮がちにつぶやいた。船着き場まで歩いた。なにか違う事件でも起きたのか、真以が無事だったことに拍子抜けしたのか、再び脱獄犯へと世間の注目が向いたのか、理由はわからないけれど報道陣はもういなくなっていた。

「真以に会いました」

平蔵さんの言葉に冷たく固まっていた私の心臓がずくんと動いた気がした。

「よく日に焼けて、ちょっと痩《や》せていましたが元気そうでした」

「そうですか……」

少し迷ったが聞いた。

「なにか言ってましたか」

平蔵さんは困ったように笑って「なにも」と答えた。手足がまた重くなる。もう期待は嫌なのに。そのまま黙って歩いていたら、「なにも言わないんですよ」と平蔵さんがまた言った。

「迷惑かけてごめんなさいも、どうしてあんなことをしたのかも、なにもない。警察にもわたしにも、母親にもね、自分で決めてしたことだっていう以外は、なにも話さないんです。この先はわかりませんけど、いまのところは」

小さくうなずいた。なんと言っていいかわからなかったし、なにも言うこともなかった。

「警察やカウンセラーの方は、犯人に脅されてそう思い込まされている可能性があるって言うんです」

どう思うか聞かれるかと思ったが、平蔵さんはゆっくり首を横にふった。

「でも、そんな目はしていないんですよ。強情な子ですから、葉さんにはご迷惑をかけてしまった。かばうわけではないけれど、あなたを巻き込みたくなかったんだと思います。あの子はおそらく自分の意志で脱獄犯を逃がしたのでしょう」

商店街を抜けた。黒い夜の海が見えた。穏やかで静かな、いつもの海だった。

「わかりません」

それだけ言った。本当の気持ちだった。私には彼女はわからなかった。最初から、最後まで。

ふと、平蔵さんの落ち着きにひっかかりを覚えた。前に真以が平蔵さんは誰かが亀島に入っただけで気がつくと言った。だとしたら、彼が島をでていないことにも気がついていたのではないだろうか。真以がかくまっていたことを本当は知っていたんじゃないのか。

平蔵さんの横顔を見た。鬚がいっそう濃くなっていて、表情がよく見えない。私の視線に気がついて、ちょっと目を細めた。

「きっとわたしのせいでもあるんですよ」

「え」

「わたしも逃げてきたんです。昔話を、いいですか」

「はい」とうなずく。

「十九のときでした。戦時中でね、新米兵士だったわたしの任地が呉《くれ》だったんです。大きな空襲がありましてね、初めての仕事が遺体の片付けでした。老人も子供もみんな焼け死んでいました。ひどいもんだった。何日やっても丸太みたいな黒焦げの遺体がなくならない」

平蔵さんは静かにまばたきをした。両手を合わせて祈るように額につける。

「わたしは人を救うつもりで兵隊に志願したんです。でも、目の前に広がっていたのは累々とした黒焦げの遺体。それがぜんぶ自分に見えてくるんですよ。愛する人や家族にも。絶望しかなくなった。わたしは逃げました」

船着き場の前まで来て島をふり返る。

「焼け野原を歩いて、山を越え、海岸線をつたって、ぼろぼろになって生まれ育ったこの島に戻ってきたんです。でも、家に入れませんでした。逃げてきたわたしを、家族も島の人間も受け入れてくれるはずがないことに気がついてしまったんです」

すっと暗い海をさす。

「だからね、海に飛び込んだ。死ぬつもりじゃなかった。無人島だった亀島を目指してね。姫神さまがわたしを生かすか殺すか選ぶだろう。それに賭《か》けたんですよ」

平蔵さんの指は亀島の赤い鳥居に向いていた。暗くて見えなかったけれど、真以と待ち合わせをするたびに目にしていた景色を、私の体はもうすっかり記憶していた。

「わたしを海から引きあげた人は姫神さまじゃなかった。葉さんは見なかったと言っていたけど、洞窟に繋いでいた木造船の持ち主でした。彼はいまのわたしくらいの年齢だったと思います。片足が不自由で、奥さんを早くに亡くした身よりのない人でした。戦争が終わるまで、縁もゆかりもないわたしをかくまってくれた。わたしの家にあった本はね、彼からもらったものなんですよ。彼はね、本を船に積んで島をまわって貸していた」

少しのあいだ、平蔵さんは思いだすように口をつぐんだ。それから、「その話を真以は知っていたんです」と静かに言った。

「だから、きっと、あの男を逃がしたんです。心から逃げたいと思っている人がいたら助けてあげなさいと、わたしが真以に教えたのです」

「平蔵さんも誰かを助けたことがあるの？」

また、ちょっと間が空いた。「ええ」と返ってきた。

「真以の祖母を。でも、助けたなんておこがましいですね。苦しみを深めただけだったかもしれない。本当に救いたかったらここを離れるべきだったんでしょう」

「おこがましい？」

平蔵さんはその意味を教えてはくれなかった。「本当にご迷惑をおかけしました」と、深々と頭を下げた。

ちゃんとさようならも言えなかった。

こうして島を離れていってようやく、平蔵さんの話を思い返すことができている。でも、きっともう彼には会うことはないのだろう。

ゆっくりと目がまぶしさに慣れて、海の青緑色が深く濃くなった。

高速船の絶え間ない振動が私の体を揺らし続けている。細かなしぶきがときどき散っては風に飛ばされていく。みかん色の橋がどんどん遠くなっていく。晴れた海は遠くがかすんでいて、海と島の境目はもうおぼろになっていた。

海鳥が上空を横切って鳴いたが、どるどるどるというエンジン音にかき消された。

いつも高速船の最後尾にしがみついて、じっと海を見つめていた真以の横顔を思いだす。

去り際に平蔵さんは言った。引き波って知っていますか、と。

私は首を横にふった。

――航跡、航走波、蹴波《けりなみ》……いろんな名前がありますが、船が通った跡のことです。飛行機雲みたいに海に白い波がたつでしょう。瀬戸内の穏やかな海は、その跡がきれいに見えるんです。真以はあれを見るのが好きでね。道みたいだって。

潮風で錆びかけた手すりを握って、海面をのぞき込む。

船が白い水飛沫をあげていた。それは、はるかかなたまで延びて、泡だつ白い道を海に描いていた。揺らいだり、曲がったりしているその道は、波に頼りなくただよっていたけれど、道なき海の面を駆けた確かな証《あかし》を残していた。寄合の長机を駆け抜けた真以のように、進んだ背後には道ができる。

それを見つめていたから、真以は足元の波にたった虹に気がつかなかったのだ。

もっと遠い遠いところを彼女は見ていた。

「一緒の道だったのに……」

つぶやきは振動に呑まれて消えた。広島に行った日も、毎朝の通学も、私たちは同じ道を海に刻んできたのに、いま私の目の前にはひとりだけの道が長く延びていた。

潮の味の水滴が唇に散って、白い道がぼやけた。

みかん色の橋は青緑色の海に溶けて、もう見えなかった。

第二部　陸《おか》

かすみがかった空、青緑色の海、水平線のあちこちには森のような島が浮かんでいる。水面に反射した太陽光がちらちらとまぶしい。目をとじれば、波の音に包まれる。

体が揺れる。振動が伝わる。

高速船に乗っているのだと気づく。

重い潮風が肌や頭皮をなぞる。細かな飛沫《しぶき》が頰に散る。唇を舐めるとしょっぱい。

ふと、気配を感じる。しんと静かな呼吸。

誰かが横に立っている。私の腕や肩に、風にまかれた長い髪がさらさらと触れる。

誰かは、知っている。

けれど、目はあけない。

こうして思いだすのは、もう離れた場所にいるせいだ。

海も、島も、波も、そして、あの子も、記憶の中にしかないことを、夢の中でも理解している。

1

「ちょっとさあ、諦めが良すぎるんじゃないの」

口調には確かな否定のニュアンスがこもっていた。それと、嘲《あざけ》り。梶原《かじわら》部長の顔を見なくてもわかる。いつものように眉毛を片方あげて笑っているのだろう。疑問形だけど、私に返事は求められていない。

「なあ、どう思う」

白髪の交じりはじめた髭をいじりながら、近くの席の長野《ながの》くんに目を遣る。私より三つ四つ若い、まだ二十代の長野くんはきれいに刈り上げた耳上に触れると、曖昧《あいまい》な笑みを浮かべた。

逃げるようにパソコン画面に視線を戻す。梶原部長は張り合いがないと言わんばかりに大きな溜息《ためいき》をついた。

「諦めの良さを恰好いいとか勘違いしていない？　スマートさとかいらないんだけどなあ」

意を決して「あの」と口をひらく。「スケジュール的に難しいとおっしゃっていたので……」

「だから？　そこからどう食い下がるかじゃないの？」

話せば、遮られる。そこで黙れば、また諦めがいいと嫌味を言われそうだったので続けた。

「なので、こちらのイラストレーターはいかがでしょう。知名度は落ちますが、人気バンドのアルバムジャケットなども手がけていて、若い世代にも人気のある方なので……」

「あのさあ、ノベルティグッズなんてお洒落じゃなくていいんだって。話題性でしょ。エネルギー飲料なんだからさあ。なに、イラストレーターって、ぱっと見で名前浮かぶ人ほとんどいないじゃない。それで、イメージわく？　俺にはちょっとわかんないなあ」

新商品のエネルギー飲料のノベルティグッズをサラリーマン漫画で有名になった大御所漫画家とコラボする案は、私が提案したものではなかった。けれど、なぜか私が担当することになり、出版社経由で依頼したものの断られてしまった。そもそも、数年前に公開された実写化の際もかなり揉めたという噂があり、グッズ化などには興味がないだろうと言われている漫画家だった。

「この方のイラストでしたら二十代、三十代の若い世代や女性も手に取りやすくなると思うんです。いまは女性も精力的に働き、ジムに通って体を鍛える時代なので」

視界の隅で、長野くんがちらっと私を見て小さく息を吐いた。黙っておけばいいのに、と思っているのが伝わってくる。

「いや、もうマーケティングとか終わってんの。誰が新しい案だせって言ったかなー」

梶原部長は大げさに天井を仰いだ。

「松戸さんはさ、お洒落な仕事したいんだろうけど、まずは言われたことをちゃんとやってくれないと。会社ってそういうところだからさあ。一回断られたくらいですぐ諦めないで、なんとか口説き落として。依頼しましたー駄目でしたーだけなら誰でもできるでしょ。あと営業からも苦情きてたんだよね。お得意さんの接待に協力的じゃないって。プライドって言うの？ちょっと高すぎるんじゃないの。松戸さん、お洒落だから泥臭い仕事の仕方は耐えられないのかな」

販売促進部全体に聞こえる声で言う。お洒落、お洒落って、髪をツーブロックにカットしている長野くんのほうがお洒落だと思うのだが、もう黙って下を向いた。梶原部長が次に言うことはわかっている。

「まあ、自分が好きなことはさ、ブログとかで満足してよ」

誰かがかすかに笑った。覚悟していたのに顔が熱くなる。

「期待してるんだから、がんばってよね」

ぽんと肩に手を置かれて鳥肌がたった。梶原部長はわざとらしく両手をあげて「ああ、これってセクハラになるのかな。やりにくいね、女性は」と笑った。また誰かが笑う。この部署で総合職の女性は私しかいない。

「どうなの、これセクハラ？」

「すみませんでした」

頭を下げて、自分の席に戻る。訊《き》かれても意見など言わず、謝っておけばいい。最初からそうしておけば良かった。

しかし、駄目と言われたものにどう食い下がればいいものか、途方に暮れる。漫画家本人に宛てて手紙でも書くべきか。しかし、これで苦情がきたらますます梶原部長に目をつけられる。

「入社して十年であれなんだから参るよなあ」

梶原部長が聞こえるようにぼやいた。私だって、後輩社員の前で毎日のように無能扱いされるのはつらい。そっと席をたった。飲み物でも買って気分を切り替えよう。

廊下に出ると、牧《まき》さんに会った。新人の頃、同じ部署でいろいろ親切に教えてくれた先輩だ。いつもきれいなパンプスを履いて、姿勢良く歩く姿が印象的だった。

「松戸ちゃん」と片手をあげて駆け寄ってくる。子供ができてから靴はフラットシューズになったが、姿勢は変わらず良かった。

「いま梶原のとこなんだって？　大丈夫？　あいつネチネチ言ってくるでしょ」

顔を寄せて声を落とす。牧さんは育休明けに総務に異動になった。私は彼女の代わりに販売促進部に入ったのだった。

「私、一度あいつのランチの誘いを断ったことがあるんだけど。お弁当を作ってきたのでって。そこから、丁寧な暮らし担当みたいな感じでいちいちいじられちゃって。産休取るときもひどい嫌味を言われたわ。高学歴の女性社員をやたら目の敵《かたき》にするのよね。まあ、ああいう輩《やから》はどこにでもいるから気にしちゃだめだからね」

「はい」と笑顔を作りながら、もう遅いです、と思う。私たちの横をすっと長野くんが通った。

「無茶ぶりと駄目だしの嵐っすよ」

え、と牧さんの顔がひきつる。「部下への愛情らしいっすけどね」と長野くんはぼそっとつけ足した。

「なんで助けてあげないの」

「後輩に助けられたいですか？」

長野くんはちらっと私を振り返り、「僕も巻き込まれるの嫌なんで」と言い残して行ってしまった。

「なにあれ」と牧さんが目を丸くする。「男のくせに、信じられない」

「男の人だからって守ってくれるわけじゃないですよ」

そう言うと、牧さんは私を見て怪訝《けげん》な顔をした。

「松戸ちゃん、なんで笑ってるの」

諦めが良すぎるんじゃない。顔にはそう書いてあった。梶原部長に嫌味を言われるまでもなく、言われ慣れている言葉だったから、もう人の顔を見ただけでわかる。人は諦めない人間に心を動かされる。だから、漫画の主人公はたいてい諦めない。でも、私のようにすぐ諦める人間は見離されるし、つまらないと距離を置かれる。頼ってくれない、つまらない、張り合いがない。付き合った人にも、そんなような理由でいつも別れを切りだされてきた。だから、いい。他部署に移った牧さんを頼りにはできない。

「こういう顔なんですよ」

無機質な会社の廊下を見つめた。清潔だけれど、窓がなく、昼も夜も同じ明るさだ。こうこうと明るいが、どことなく灰色の平坦《へいたん》な空気。自分の心も同じ色に染まっている気がする。

だから、傷つかないわけではないけれど、少なくとも息はできる。まだ。


終業時間ぎりぎりに、梶原部長に資料作りを頼まれた。時計を見ないようにして「はい」と引き受け、必死にキーボードを叩く。鞄の中のスマホをちらちら見る。時間が迫ってきた。一人、二人と帰っていくのを急《せ》いた気持ちで見送る。「お疲れー」と梶原部長が廊下を去っていくやいなや、プリントアウトをしてファイルにしまい、急いで会社を出た。

満員電車にもまれていると、軽い眩暈《めまい》を覚えた。朝からほとんど食べていないことに気づく。試供品のシリアルバーを鞄からだして数センチ分だけ口に入れた。義務的に咀嚼《そしやく》するだけで、味もよくわからないし、なかなか飲み込めない。

スマホを見ると、開演まであと十分もなかった。

彼女が登場する場面には絶対に間に合いたい。

増設工事中の駅で降りて、人の隙間を抜けて走る。路地の奥の古い劇場の前では、関係者らしき若者が三人、手持ち無沙汰《ぶさた》な様子で雑談をしていた。「当日券まだありますか」と言うと、「あーはいはい。ありがとーございまーす」とニット帽にぶかぶかのトレーナーを着た若者がポケットからチケットらしき紙切れを取りだした。

「もうはじまってますよー」

すみません、とお金を払い、渡されたチラシの束を片手に細い階段を上る。そっとドアを押して入ると、埃っぽい匂いが鼻をかすめた。暗い中でも空席が目立つのがわかった。

通路脇の席に座ると同時に、舞台の中央に青いライトが差し、彼女が現れた。長い黒髪に、まっすぐな四肢、表情の乏しい白い顔で観客席を見つめている。その顔にはかすかに透明な幼さがある。

他の役者たちが大きな声や身振りで演じる中、彼女はまったく喋らないし、動きもぎこちない。関節が描かれた全身タイツを着ている。少女型アンドロイドの役なのだ。物語が進むにつれ、彼女は徐々に独自の動きを獲得していく。手首をまわし、腕をしならせ、腰を振る、百八十度に開脚したかと思えば、高く跳躍し、くるくると回転する。やがて、踊りはじめる。声帯をもたず、喋ることができない彼女は踊りで意思を伝えようとする。

表情はずっとない。かすかに幼い少女の顔のままで、悲しみや怒りや熱情を踊りで表現する。最後のダンスは慈愛に満ちた赦《ゆる》しが溢《あふ》れていて、美しくも哀しい。

少女型アンドロイドに踊りを教えるのは主人公の青年だ。廃棄されていた少女型アンドロイドに古いダンスの映像を見せる。彼は貧しく、身には不幸な出来事がたくさん降りかかる。その境遇から抜けだそうともがけばもがくほど空回りして、歯車はうまく嚙み合わない。最終的には少女型アンドロイドを隠し持っていたことで、あらぬ疑いをかけられ、彼女を手放す。

少女型アンドロイドの身振りや踊りがどんなに巧みになっても、やはり言葉ではないから、青年は自分に都合の良いように解釈している。別れを嘆いても、やがて忘れていくことが示唆されている。ラストは、彼女の存在は彼の幻想だったのかもしれないという演出になっていた。

若干センチメンタルすぎるきらいもあるのだが、青年がただ不運なだけではなく愚かさや若さ故の自意識があることで、少女型アンドロイドの無垢《むく》さが際だつ。不純物のない結晶のようなダンスによって、余計なことがどんどん削《そ》ぎ落とされていく。

暗い劇場の中、青白いライトに照らされた舞台で踊る細い体は、懐かしい子を思いださせた。高速船がたてる波飛沫に浮かんだ虹、差しだされた手、二人で歩いた夜の砂浜、みかん色の橋に赤い鳥居、嘘くさい色のフラッペ、煙草の臭いのするストリップ劇場、踊り子の紅い唇に白い肌、つぎつぎに投げられた虹色のリボン。幼い日の思い出がよみがえる。

拍手の音で我に返った。

いつの間にか芝居は終わり、明るくなった舞台に役者たちが並んでいた。客席には外にいた関係者らしき若者たちもいて、勢いよく拍手をしている。主役の役者が、今日で千秋楽です、と汗にまみれた顔で言い、一人一人の紹介をしはじめる。少女型アンドロイド役の女の子は、本業はダンサーで、今回の演目限りの出演だと言った。最後まで口をきかず、バレリーナのように両手をひろげ脚を交差させてお辞儀をする。長い黒髪が床すれすれにさっと流れた。

彼女が顔をあげた時、一瞬、目が合ったような気がした。瞳はコンタクトでブルーだったけれど、切れ長の目尻に心臓が跳ねた。

まさか、と首を振る。

あの子のはずはない。

スプリングコートをはおり、洗面所に寄ってから劇場を出ると、最終日だからか劇団員たちが道で見送りをしていた。ファンの子は手紙やプレゼントを役者に渡したりしている。

小さく頭を下げて去ろうとすると、薄暗い街灯のそばに立つ細い脚が目に入った。小柄な体には大きすぎるウィンドブレーカーを着ている。思わず、足が止まった。

「ありがとうございました」

少女型アンドロイド役の女の子が笑った。満面の笑み。近くで見ると、目はぱっちりと丸く、黒いアイラインで目尻を切れ長に描いているのだとわかった。長い黒髪もウィッグなのか、明るい茶色の地毛がこめかみの辺りにのぞいている。

そして、十代の少女でも、同じくらいの齢でもなかった。二十代前半に見えた。

「おねえさん、何回か観にきてくれてませんでした?」

声は高くて可愛らしかった。あの子の静かな声とは違う、溌剌《はつらつ》と弾む笑い声が路地を抜けていく。

ふっとかすかに女の子の表情が揺らいだ。笑みを浮かべたまま首を傾げる。

「あれー、違いました? あたし、目も人の顔の覚えもいいんだけど、ごめんなさい」

言われて、自分が落胆の色を浮かべていたことに気がつく。自分で、あの子のはずはない、と期待を打ち消したはずなのに。

「いえ、すみません。はい、通っていました。ええと……」

言葉を探す。

「……ダンスがとても素晴らしくて」

女の子はにっこり笑うと「うれしー！　ありがとうございます！」と元気に言った。私の手を取り、ぶんぶんと振る。それから、ちょっと悪戯《いたずら》っぽい顔つきになって「おねえさんにはどんな風に見えました？」と目を細めた。

「え」

「あたしの役、見る人によって違って見えるみたいなんです」

「そうなんですか。たとえば？」

「うーん、自分の昔の姿だったり、初恋の子だったり、行き違いで別れてしまった恋人だったり、親に捨てられてしまった犬を思いだしたって人もいました」

なぜか声をあげて女の子は笑った。

「みんな過去なんですね」

「あーそういえばそうですね」

「私には……」

昔の友人に見えた、と言いかけてやめる。「それは……きっと、主人公にとっては誰にも伝えられなかった想いの象徴のような役だからでしょうかね。思い出を投影しやすいのかもしれません」と言うと、女の子は口をぽかんとあけた。

「わ、すごい。もしかして二日前に感想を書いてくれたライターさんですか？　あたし、あんまりうまく言葉にできないから憧れます！」

「いえ、違います。すみません」

慌てて目を逸《そ》らし、「でも、ほんと素敵でした」とつけ足して背を向けた。

「また、よろしくお願いしまーす！」という明るい声を背中に浴びながら逃げるように駅に向かう。ドアが閉まる直前の電車にすべり込み、車両連結部近くの空間に身を落ち着かせてからスマホを見た。自分のSNSをひらく。半年前の更新のまま止まっている。良かった、と息を吐く。メモ機能に書いた感想をうっかりのせたりしてはいなかった。

梶原部長に目をつけられた原因はこのSNSだった。演劇やダンスを観にいくたびに感想を書いていた。一度、会社の昼休憩の時間に書いたことがあった。多分、後ろからアカウントを見られたのだろう。私が観た中に、ライバル会社がタイアップ企画をした海外のパフォーマンス集団があったのが気に食わなかったのかもしれない。「ブログではずいぶん偉そうに語ってるからびっくりしたよ」「高尚な趣味をお持ちだねえ、いやーお洒落だ」と絡んでくるようになった。「ブログじゃないですよ」と言ってしまったのがまた悪かった。

あれから、私の企画は通ったことがないし、イベントは遠い会場に行かされ、雑用ばかり頼まれる。書類を作っても細かいところをつつかれて何度もやり直しをさせられ、結局は最初に作ったものに戻されたりする。梶原部長の判子がもらえないせいで進行が遅れても、製造部や営業部に頭を下げるのは私だ。

SNSのアカウントを消すか、限定公開にするか考えた。けれど、自意識過剰だとか、またなにか言われそうなので、刺激しないように更新しないままにしている。

ただ、観劇の趣味は続けている。友人たちが結婚や育児で劇場から足が遠のいても、一人で黙々と通っている。

　きっかけは小さい頃に広島で観たストリップだ。大人になってから、子供が行く場所ではなかったとわかったものの、あの時の感動は薄れなかった。目の前で演じられる一瞬の煌《きら》めき。劇場という非日常では、美しいものだけに浸ることができる。自分だけが感じた世界は裏切らない。

　けれど、劇場での光に触れるたびに、暗い海のような闇もれなく追いかけてくる。あの時に一緒にステージを見ていたあの子はもういない。銀色の鋏で切られ、足元に散った黒い髪。嵐の夜に消えた二人。裏切り、という言葉と黒いどろどろした感情が絡みついてくる。

　電車の窓を見る。疲れた青白い顔の、もう子供ではない自分が映っている。その向こうにはびっしりと明かりのついたビル。騒がしくて冷たい都会の夜。空は狭くて月は見えない。

　伝えられなかった想いの象徴、か。

　違う。逆だ。

　いまさら恥ずかしさが込みあげる。まだ期待している。あの少女型アンドロイドほどではないけれど、口下手だったあの子が私に伝えたいことがあったのではないかと思いたいのだ。もう二十年近く経とうというのに。私は主人公の青年と同じだ。勝手に自分に都合の良い解釈をしようとしている。

　あの少女型アンドロイドは単に古いダンスをなぞっていただけなのかもしれない。誰を想っていたのか、なにも思っていなかったのか、それは誰にもわからないのだ。

ごとん、と電車が揺れた。ほんのわずかな揺れだったのに、立っている乗客たちが不満そうな声をもらした。ぐにゃと視界が歪《ゆが》み、ゆっくりと眩暈がしてきた。

目をとじて、先ほど見たダンスを思い浮かべる。ただ、美しいだけのものとして。憧れも、期待も、絶望も、ぜんぶ劇場という非日常の中に置いておきたいと思った。

都内のワンルームマンションに帰ると、化粧だけ落としてベッドに入った。夕飯を食べていないことに気がついたのは翌朝だった。

企画会議がある日はいつも吐き気が止まらない。駅の階段で、ふと、転げ落ちたら会社に行かなくてもいいかもしれない、とあらぬことを考えてしまう。

部署の全員が揃う場で、必ずといっていいほど梶原部長は私を狙う。私がなにか言うと、揚げ足を取り、嫌味を返してくる。企画案に対する否定は、私の学歴や人格への非難へと繋がっていく。黙っていると「ちょっと、やめてくれよ。虐《いじ》めているみたいだろ。ウィットが足りないんじゃない」と笑われる。

最後は必ず「これだから女性は……でも、そう言うとセクハラになるんだろーまったくやりにくいよ」とまるで自分が被害者のように困った顔をする。

自分から注意が逸れるのをじっと待つ。笑う人と笑われる人、見えない線が会議室の机に引かれているのを感じる。昔、あの島の寄合で、上座と下座で引かれていた線のような。人は大きな声をだして好きに振るまえる側と、人の顔色を窺《うかが》って立ちまわる側に分かれている。そして、今までの人生で、前者はたいていの場合、男性だった。父もそうだった。父が家で一番感情的であったし、気分次第で振るまうことも不機嫌さをあからさまにすることも許されていた。結局、父は母と私を捨てて、自分よりずっと若い女性のもとへ行ってしまった。父の実家が裕福だったため、学費はだしてもらえたが、その影響で私は恋愛という関係性においても、相手の男性の機嫌が悪くなると父を思いだしてしまうようになった。男性は生まれつき、女性に顔色を窺ってもらうことに慣れているのだと思った。そして、その無自覚さに嫌悪感を覚えた。

口を歪ませて私を見る梶原部長と追従するような笑みを浮かべた社員たちの顔がゆっくりと遠ざかる。表情を殺したまま、ひたすら「はい」と「すみません」を繰り返す。青緑の海に囲まれた島の、寄合の夜がよみがえってくる。

どよめいては膨れあがり、けれど、ひとところから動こうとはしない一塊の群れを見つめていた。声ばかりが大きい。誰も自分たちには逆らわないと油断している。

そのまわりを女たちがネズミのようにこそこそと動いては、さっとこちら側へひっこむ。こちら側とあちら側。仕切りも壁もないのに、見えない線で隔てられていて、おまえはそっちだとあちら側の声の大きいやつらに決められている。

でも、知らない。そんな線など越えられる。

足は動く。目もよく見える。この部屋の誰よりも速く走ることができる。

立ちあがっても誰も気づかない。そこにある道がみんなには見えないから。

長机に足をかけ、目標までの最短距離を駆ける。皿を蹴散らし、まっすぐに。

誰も行く手を阻めない。ただ、ぽかんと見上げるだけ。

どれも同じ顔。みんな、知らない言葉を耳にしたようにかたまっている。目指す目標も同じ顔をしてこっちを見ている。

いや、見ていない。

目には映っていても、捉《とら》えられていない。

ぐっと片脚に力を入れ、スピードを落としながら利き脚をふりまわす――

でも、これは私の記憶ではない。

古い屋敷の長テーブルの上を走り抜け、人々の呆気に取られた顔を眺め、携帯電話を奪った男の子を蹴り飛ばしたのは、あの子だ。それでも、私は何度も何度も自分の記憶のように思い返している。畳に落ちた食べかけのチキンまでも鮮明に再現することができた。

そうしてなんとかやり過ごしている。

でも、私は道なき道を踏みだしたことなんてない。テーブルを踏みつけた振動も、酒瓶や皿にぶつかる衝撃も、もちろん人を蹴った感覚も知らない。

知っているのは夜の砂浜の感触だけ。あの子と共有した片足だけの砂の感触。

「――疲れっす」

隣の長野くんが立ちあがって我に返る。会議室の白っぽい照明が眩《まぶ》しく感じた。「お疲れさまです……」と小さな声で言って、誰とも目を合わせないようにして資料をまとめた。

席に戻ると、牧さんから社内メールが届いていた。

――『息抜きの一杯』を再開すると聞いたので、候補一覧を送ります。二年前のものだけど。よろしく！

必要最低限の情報しかない、さっぱりしたメールに少し頬がゆるむ。牧さんが上司だったら良かったのに。

『息抜きの一杯』は飲料メーカーである我が社のホームページで連載していたインタビューだった。アルコールやコーヒー、エネルギー飲料の認知度が高く、男性的なイメージが強い会社なので、働く女性にフォーカスをあわせた軽い読みものを提供しようというコンセプトではじまった。当初は『女の一杯』という、女性アスリートや女優といったスポンサー契約をしている有名人にインタビューする、商品PRを兼ねた記事だった。

牧さんが担当になってからは『息抜きの一杯』にタイトルを変えて、様々な分野で働く女性の仕事を紹介する内容になっていた。飲み物も自社製品に限らず紹介していた。それは仕事中の水分補給であったり、朝一番の手作りスムージーだったり、深い眠りのためのナイトキャップだったりとバラエティに富んでいて、その女性の生活も垣間《かいま》見《み》えるような記事だった。

しかし、牧さんが産休に入ってからは引継ぐ人がおらず、ほぼ忘れられていた。

「部長」と手をあげる。いつもなら席まで行かないと返事をしてくれないのだが、めずらしく「なに」と私のほうを見た。梶原部長の机の横に立っていた事務の女性が不愉快そうな顔をしている。なにか手続きで揉めているようだ。

「牧さんから『息抜きの一杯』の資料が送られてきているんですが」

「ああ」と梶原部長が面倒臭そうな声をあげる。「聞いてる、聞いてる。松戸さんにお願いするよ」

「いいんですか」

「ああ、女性のことは女性がやるのがいいんじゃない。なんか有名なコラムニストがラジオで話したんだって。たまたま専務が聞いていたそうで、再開しろってさ」

「わかりました」

返事は最低限にしておいた。

「人選も任せるよ。過去回と被らないようにだけして」

めずらしく細かいことも言わない。まったく興味がないようだった。

「わかりました」

「月末までに一本あげてね、まあ適当に」

梶原部長はおざなりな口調で言うと、「忙しいんだけどねぇ」と事務の女性に向き直った。

私は「はい」と返事をして、さっそく添付フォルダをひらいた。

思った以上に分量があった。候補の一人一人のプロフィールや画像などが丁寧にまとめられている。とはいえ、二年前に調べたものと書いてあったので、ネット検索をしながら確認していく。

調べるうちに、ここ二年の間に専門の分野で表彰されたり、テレビで紹介されたりしている人が多くいて、牧さんの目の確かさを痛感した。職人と呼ばれる世界で働く女性を紹介したいと思っていたようで、資料の後半部分は日本の伝統工芸についてまとめられていた。陶芸、織物、染色、漆器、鋳物、和傘、切子硝子《がらす》、竹細工……代々男性しかしてこなかった家業を継いだ女性もいた。それぞれ製品や作業風景の写真もついている。

いかにも職人らしく、黙々と一人で作業をしている写真が多かった。その中に、揃いのTシャツを着た女性たちが楽しそうに笑っている工房があった。長い板にずらりと並ぶ食器、工房内は太陽光がふんだんに入って明るい。白っぽい土壁には素焼きの食器が埋め込まれていて、殺風景になりがちな空間への遊び心が感じられた。江戸時代から庶民の日常食器として使われてきた波佐見《はさみ》焼、と書かれている。女性のみのチームで、インテリアデザイナーと組んで作っているブランドがあるようだ。そういえば、青いラインの入ったつるりとした醤油《しょうゆ》差しを雑貨屋で見かけたことがある。長崎か、取材に行くには遠いかもしれない。

ふと、女性たちの揃いのTシャツに目がとまった。深い青色で胸の辺りに署名のような白いワンポイントがある。資料を見ると、波の模様だと書かれていた。デザインしたのは「一番若手のMさん」とある。海を見つめる懐かしい横顔がよぎった。まさか、と思いながら工房のサイトを見る。販売所の情報や商品や窯《かま》の写真しかない。画像をクリックすると、見学者が撮ったらしき写真が画面にあふれた。遠目に、ざっと眺める。

まさか、ともう一度思う。画像を消そうとした時、説明する人の後ろのほうで作業している女性の姿が目に入った。半分顔が隠れ、ほとんど体は見えていないが、すらっとしているのがわかる。

拡大する。画像がぶつぶつと粗くなってしまう。前の人の頭に遮られながらも、切れ長の目尻が笑んでいるのが見てとれた。

似ている。

ふっという、風が抜けたような笑い声が聞こえた気がした。

かすかに手が震える。手首をぎゅっと握って、次々に写真を拡大していく。

マウスのカチッという音と共に、横顔が大きくモニターに映った。

「あ」

声がもれる。向かいの席の長野くんが顔をあげた気配がして、空咳《からせき》をしてごまかす。

切れ長の目。ろくろの前に座り込んで、とろけるような質感の土に手を添えている。すっきりした額に、筆でしゅっと描いたような眉。結ばれた薄い唇。長い黒髪を一本にまとめて、首にタオルをまいている。いくぶん面長になっていたが、間違いない――

画像を消して席をたつ。

一人になれる場所に行きたかった。いますぐ、行かなきゃ。廊下を早足で進む。

洗面所のドアを開けた時、誰かと肩がぶつかった気がしたが、構わず個室に入った。便座の蓋《ふた》の上にへたり込む。

真以だ。

真以だった。

島で、海で、高速船で、何度も、何度も見た。あれは、真以の横顔だ。

生きている。健康そうだ。

切れ長の目が、まっすぐ手元を見つめていた。深く深く集中していた。波の向こうをいつも見つめていた目が、ちゃんと自分の手の中を見ていた。

ああ、良かった。打ち込むものを見つけている。

しんときれいな横顔のままだ。

太腿に置いた手の甲にぽつぽつとあたたかい涙がこぼれた。とまらない。

「真以」

もうずっと、心の中でも呼んでいなかった名をつぶやく。

会いたい、と思った。会って、訊きたい。あの日、私の知らないところで起きたことを。なにも言わずにいなくなってしまったわけを。

私はきっと、本当は、すごく諦めが悪い。諦めが悪いから、先まわりして期待を壊して、頭で整理しようとするのだ。仕方ないのだと、諦めるしかないのだと、言葉で自分に言い聞かさなくては、心を保っていられないから。

思えば、あの島に連れていかれた頃からそうだった。そういう子だった。

でも、無理だ。真以は虹だ。私が、私だけが、高速船で見つけた虹だ。たとえ光のまやかしで、摑めないとしても、見つけてしまったらもう目を逸らせない。

あなたは強くて、きれいで、私の憧れだった。

だから、捜さなかったのに。

「真以」

もう一度、つぶやく。子供に戻ってしまったような声だった。自分の体じゃないみたいに涙があふれる。

誰かに会いたいと思ったのも、誰かの幸福に安堵《あんど》したのも、ずいぶん久しぶりのことだった。

2

大学の頃、急に流行《はや》りはじめたSNSに私はうまく乗ることができなかった。

「やらないの？」と言われるたびに曖昧に笑った。中には本名でやっている子もいて、昔のクラスメイトや好きだった人と繋がったと聞くたびに、「そうなんだ」以外の言葉を失った。それが、良いことなのか、悪いことなのか、わからなかったのだ。

繋がりたくない相手もいるだろう。存在を忘れていた相手も、再び関わることに躊躇《ちゅうちょ》してしまう相手もいるだろう。ネット上の友達申請を受け入れなければ、繋がりたくないと思っていると捉えられてしまう。自分は人と繋がりたいのか、繋がりたくないのか、それすらわからなかった。わからないのに、拒否しているのだと判断されてしまったら、どうしたらいいのか。

考えてしまう時はいつも、風にまかれた長い黒髪がよぎった。大きすぎるウィンドブレーカーを着た背中。青緑色の海に白い波。赤い鳥居、みかん色の橋。

思い浮かぶのは、いつも、真以だった。

そして、あの島に関わる人々と出来事。

過去の私を知っているということは、あの事件を知っているということだ。繋がるということは新たななにかを知ってしまうということ。SNSを本名ではじめて、昔の知人との再会を喜べる人とは、違う世界にいるような気がした。幼い頃のことだからと流してしまえない出来事がずっと私の底にある。

でも、働きはじめてからは誰にもアカウント名を教えず、演劇やダンスといった公演の感想を書くSNSをはじめた。最初はストリップにも行っていた。大人になってから観ると、子供の頃に感じたキラキラしたものだけでなく、自分の性別やそれにまつわる偏見が頭をかすめた。なにより「女」を早くに意識していた真以のことを思いだして苦しくなった。ただ、SNSを通じて同じ趣味の知り合いもでき、情報を得ることもできた。

真以の母親はあの事件の後、しばらくは活動を止めていた。数年後、芸名を変えて踊り子に復帰し、広島以外の地方劇場を中心にまわっていた。観には行けなかった。けれど、つい検索し、彼女のファンのブログをチェックした。彼女の演目や言動に真以の痕跡《こんせき》がないか探してしまう自分を止められなかった。

けれど、彼女は私生活を一切見せず、華やかな女神のまま、いつしかストリップの世界から消えた。検索しても更新されない情報を前に、自分が安堵しているのか落胆しているのかわからなかった。

捜せば、きっと見つけられる。それは逆も同じことで、もし相手が私と再び繋がりたいと思えば捜すはずなのだ。

私は繫がりたくなかったわけではなく、繫がりたいと思われていない事実を受け入れるのが怖かったのだ。

真以が私を捜さないことが。

それがなにを意味するのかは明白だったから。

でも、もう見つけてしまった。いつまでも逃げ続けるわけにはいかない。向き合うべき時がきたのだと思った。


耳元でコール音が響く。

牧さんの資料にあった工房の電話番号はネットで確認したが変わっていなかった。むしろ、二年の間に波佐見焼の中でも注目されるブランドになっていて、お洒落なインテリア雑誌やガイドブックなどでたびたび取り上げられていた。

会社の廊下の隅、緑に光る非常口誘導灯の下で背を丸める。梶原部長の目が届く自分のデスクでは電話をしたくなかった。けれど、スマホを使っているところなんか見られたら個人電話かと難癖をつけられそうでひやひやする。早く、早く、と息が浅くなる。

ふいにコール音が途切れ、「はいはいー」と年配の女性の声がした。

お待たせしました、と明るく言う声は人が好さそうで、イントネーションが違った。似てはいないのに、幼い頃にいた島を思いだす。皆、その土地の言葉と抑揚でおおらかに喋っていた。東京では誰もが故郷の喋り方を捨て、同じ平坦な言葉と発音で話そうとする。

社名を名乗って『息抜きの一杯』の趣旨を説明する。取材させて欲しいと伝えると「東京さんの一ありがたいです、はいー」と、おっとりと語尾を伸ばした相槌《あいづち》が返ってきた。

「それでですね、企画としては個人に着目した記事を書くことになっていまして、可能でしたら若手の職人さんに取材をさせてもらいたいのです」

唾《つば》を呑む。緊張を気取られないよう、なるべくさらりと言った。

「偶然なのですが、サイト内の写真に古い知人が映っていました。桐生真以さんという方なのですが」

突然、電話の向こう側が静かになった。すっと首の後ろが冷える。

「あの……」

相手はしんと黙ったままだ。暗い夜の海のような沈黙。鼓動が速くなる。

「結婚されて苗字が変わっているかもしれませんが、真実の真に、以上の以の、真以さんです。いらっしゃいませんか？」

真を以て。彼女の母親が言った名の由来を思いだす。嘘偽りのない真心で人に向き合う。ぎゅっとスマホを持っていないほうの手を握っていた。

「せからしか……」と、ため息が聞こえた。

「え」

「……おまいさんみたいな輩がおるけん、真以ちゃんはおられんくなったばい」

早口の、独り言のような呟《つぶや》きだった。苛立ちとやるせなさが混じっているように思われた。

そして、憐《あわ》れみ。

「すみませんが、このお話はなかったことにしてください。そげん人もおりません」

急にかたい口調になる。切られる、と思った瞬間に「待ってください！」と声がでていた。

廊下を歩いていた社員がちらっとこちらを見る。声を落として、「ちょっと待ってください」ともう一度言う。

女性は今度はあからさまにため息をついた。

「なして、あんたらマスコミは追いかけるね。あん子は被害者たい」

はっとした。真以が逃亡受刑者と島から消えた後、押しかけてきた報道陣のフラッシュが蘇《よみがえ》る。まさか、まだ。あれから、もう二十年近く経っているというのに。

「私、友人なんです」

口からもれていた。

「会社名も、取材したいというのも、嘘ではありません。私は、昔、真以さんと同じ島にいました。事件のことも知っています。でも、あの事件で離ればなれになってしまって……もう一度会いたいんです。話したいんです。名前も嘘じゃないです。苗字は変わってしまいましたが、真以さんには葉と呼ばれていました、葉っぱの葉。葉だと真以に伝えてくれればきっとわかるはずです。お願いします！」

途中から真以を呼び捨てにし、見えないとわかっているのに頭を下げていた。

「ばってん……」

困惑した声が返ってくる。「ほんなこちー真以ちゃんはおらんばい」

「教えてください」

食い下がる。こんなにも必死になったのはいつ以来だろう、と頭のしんと冷えた部分で思う。

「マスコミなんかではないと誓います。調べてくれてもいいです。だから、お願いします。真以さんの居場所を教えてください」

女性が迷っている気配が伝わってきた。

「お願いします」

また頭を下げた。会社にいることを私はもうすっかり忘れていた。

やがて、「連絡先だけねえ……」と小さな声が聞こえた。けして無理強いはしないで欲しいというようなことを伝えてくる。はい、はい、ありがとうございます、と答えながら、廊下を走り、自分のデスクに向かう。メモ用紙に女性が言ったブログ名らしき単語を書きつける。

「本当にありがとうございました」

そう言って、電話を切ると、がっくりと体から力が抜けた。指先がじんじんしている。久々に体中の血が駆け巡った気がした。

長野くんと目が合う。梶原部長の「へーえ」と笑いを含んだ嫌な声が聞こえた。

「お洒落な松戸さんにしては、めずらしく熱い電話してるじゃないの」

小さく会釈してごまかそうとすると、梶原部長が椅子から立ち上がろうとした。胃の底がぐっと重くなり、かすかに吐き気が込みあげた。

「え、なに、まさか勤務中に私用電話?」

「いえ、あの『息抜きの一杯』の……」

「松戸さん、すんません、ちょっと質問いいですか?」

長野くんが私の前に片手をあげて遮る。自分のモニターを指す。「この商品のデータってどこに入ってます?」

会社設立当初からある乳酸菌飲料だった。

「いつ頃の?」

「ふっるーいやつです、戦前とかの」

「復刻版のグッズとか作るの?」

「や、それは見てから」

「たぶん全部はデータ化できていないから、詳しく調べたかったら資料室かな。えーとね、別館の地下にあるんだけど」

「え、僕、行ったことないかも。地下とかちょっと怖いんですけど」

話していると、ふいと梶原部長が顔を背けたのが視界の隅に映った。猫が玩具《おもちゃ》に飽きたような顔だった。助かった、と思う。

「ありがとう」と小さな声で言うと、長野くんは「なにがっすか」とにこりともせずに首を傾げた。

窯元の女性が教えてくれたのは、アクセサリーブランドの名前だった。『Wake』という英字で調べればわかると言われた。英語で「目覚め」の意だろうか。なんとなく真以のイメージとしっくりこないような気がした。

検索すると、シンプルなサイトがでてきた。薄灰色の背景に白くぽってりした陶器のピアスが転がっていた。眺めているだけで、ひんやりとした感触が伝わってくる。ゆるやかな線模様の入ったブローチや、鉱石のようなざらっとした質感のペンダントトップや指輪などがある。どのデザインも無駄がなく、中性的で、透明な光を放っているようだった。しんと穏やかな朝の海や、月影のさす砂浜を連想させる。その静かな佇《たたず》まいは真以の面影と被った。

女性は真以がひとりで作っている、と言っていた。波佐見焼とも書いていない。真以の名前はおろか、経歴すら記載されていない。これでは職人としての記事を書くのは難しいかもしれない。

住所ももちろんない。オンラインショップと問い合わせ用のメールアドレスはあった。メールを送ろうとして、窯元の女性の反応を思いだす。

十三歳の真以が逃亡受刑者と消えた事件はそこそこ大きなニュースになった。島には報道陣が押し寄せた。いまだに亀島は逃亡受刑者が潜んでいた島だと、事件マニアの間では有名らしいという話を聞いたこともある。けれど、あの頃はまだスマートフォンもなく、ネットもそこまで普及していなかったから、子供だった真以のプライバシーが侵害されるようなことにはなっていないと思っていた。

平蔵さんが島を出ていったのも島の閉鎖的な環境に問題があったのだと捉えていた。でも、もし真以がずっと心ないマスコミに追われていたとしたら。誰かがあの事件を掘り返して、勝手な解釈で書きたてているとしたら。

今も身を隠して生きているのだろうか。制作に打ち込む写真を見て、幸せなのだと思い込んでいた。

桐生真以、とキーボードを打って、しばし悩み、検索せずに消す。

会って、話をすると決めたのだ。それまでは余計な情報は見たくない。真以のことだけは他人から聞きたくない。

狭いワンルームでモニターの光だけが明るい。カーテンの隙間がだんだん青くなっていく。疲れているのに、頭の芯が冴《さ》えていて眠れない。読んでも頭に入らないネットニュースや単純なゲーム、演劇情報、役者のブログやSNS、お決まりの展開の無料漫画なんかを延々とクリックし、時計の分針が何度もまわるのに焦って息が浅くなる。

寝なきゃ、とは思う。細かなサンドペーパーで撫でられているように、胃がひりひりと痛い。ずっと。

でも、寝たら、また一日がはじまる。ベッドから這《は》いでて、身支度をして、家から出るまでのことを思うと苦しい。すごく、すごく、体が重くなるから。その重さを振りきって会社に行かなくてはいけない。それだけでひどく疲れてしまう。だから、少しでも眠ったほうがいいのに、カチカチとクリックを続けてしまう。

ドライアイで目が熱い。瞬きするたびに、瞼《まぶた》がひきつれたように痙攣《けいれん》する。テーブルに突っ伏して、気絶したような眠りに数時間落ちると、また吐き気を伴う朝がやってくる。その繰り返しの中で、『Wake』のしんとした薄灰色のサイトが頭の隅にぼんやりと残っていた。

真以が作ったという、無彩色の、温度の感じられないアクセサリーに触れてみたいと思った。

電車が揺れて、座ったまま薄く目をひらくと、奇妙に視界が白っぽかった。

休日の昼下がりに電車に乗ったのは久しぶりのような気がした。車内の人はまばらで、シートにも空きが多く、ついうとうとと眠ってしまった。

開いたドアからホームが見えて、はっとなり、駆け下りる。ベビーカーを押していた女性にぶつかりそうになり慌てて立ち止まる。目の前を小さな白っぽいものが横切った。

「あ」と声がもれる。

私を追い越していく大学生っぽいカップルが「きれー」と声をあげた。

線路沿いの桜の木々が満開だった。黄緑の葉があちこちにのぞき、柔らかな風が吹くたびに花が散って流れていく。ホームの階段には花びらが吹き溜《だ》まっている。三歳くらいの男の子が覚束《おぼつか》ない足取りで、ととと、と走っていき、しゃがんでかきまわすのを若い夫婦が笑いながら眺めていた。

無機質な日常からは別世界に思える景色を前にして、ぼんやりと立ちつくす。このところ夏の清涼飲料水キャンペーンに向けての仕事が忙しく、劇場にも行けずに会社と家との往復だった。春がきたのも、桜が咲いているのも、まったく気がつかずにいた私の服装はごわごわと野暮ったく、タイツの毛玉が恥ずかしかった。

もっと軽やかな服装をしてくれば良かった。ホームを滑りでていく電車を恨めしく見送り、でも遊びにきたわけではないのだから、と思いなおす。地味な、人にまぎれてしまうくらいの恰好でいい。

桜の散る階段を上り、改札を抜けて、駅を出た。桜の道は続いていて、昭和の雰囲気の残る商店街が駅の向かいにあった。

初めて降りた駅だった。都内ではあるが、下町の、観光施設などはない住宅街ばかりの地域。スマホで地図をだし、桜の並木沿いに歩きだす。

『Wake』は隔月で、この街で開催されている手作り市のようなものにアクセサリーを出品していた。サイトでその情報を見つけ、メールをする前に見にいくことにした。本当に真以なのか、どんな顔をしているのか、確かめたかった。

桜並木を逸れて、ゆるやかな坂道を上る。交通量は少なく、たくさんの紙袋をぶら下げた女性や、植木を抱えた男性が坂を下りてくる。市で買ったものだろうか。天気が良く、誰もがにこやかだった。

自分だけが重苦しい気持ちで向かっている気がして、俯《うつむ》きがちに進んだ。真以は東京に住んでいるのだろうか。だとしたら、どこかですれ違っていたりしたのかもしれない。満員電車で、スクランブル交差点で、ショッピングモールで、真以は私の姿を捜しただろうか。それとも、もう昔のことなど思いだしたくはないのか。

わからない。

子供の頃から真以のことはわからない。

海を見つめる彼女のまなざしをどれだけ追っても、なにを想っているのかは摑めなかった。いまさら、会っても無駄なのかもしれない。

立ち止まった足に、ひらりと花びらが落ちてきた。靴に触れるか触れないかのところで、身をひるがえすようにして風にまかれて飛んでいく。

見上げると、赤い鳥居があった。

一瞬、眩暈がして、暗い緑に覆われた亀島がまならうらに蘇る。姫神さまを祀った、海から突きでた鳥居。

けれど、目の前の鳥居はもっと大きく、桜の木々で囲まれていた。白やピンクの花びらがひらひらと降ってくる。亀島とは違う、あかるい森だった。

花に誘われるように石段を上っていく。鳥居をくぐると、奥から人のざわめきが伝わってきた。子供のはしゃぐ声が響き、コーヒー豆を挽《ひ》く芳ばしい香りが流れてくる。石段の脇にはカラフルなのぼりが等間隔に立っていた。

神社の境内は露店でいっぱいだった。露店といっても、キャンピングカー、テーブルにパラソル、段ボール箱をいくつか並べたり、ブルーシートを敷いただけだったりと様々だった。陶器やアクセサリー、焼き菓子、盆栽、布製品、木彫りなど、いろいろな小物が置かれている。コーヒーやサンドイッチといった軽食を売っている店もあったが、火を盛大に使った飲食物はなさそうだった。賑《にぎ》わってはいたが、休日の昼下がりにふさわしいのどかな雰囲気で、店の人も隣の店と喋ったり、帽子を深く被って昼寝したりと、ピークを過ぎた様子が見てとれた。午前中に売り切れたのか、片付けをはじめている店もあった。

店と店との間の、道とも言えない道を、肩を縮めて歩く。あちこちにしゃがんでいる人がいて、よそ見をすると蹴ってしまいそうだ。ぐるぐるとまわると、すぐに疲れてしまった。いろいろなものがあるけれど、ただ目が泳ぐだけで欲しいという気持ちが起きない。

一息入れようと、本殿のほうへ目を遣ると、中心から少し離れた木陰にもいくつか店があった。ふっと青に吸い寄せられる。深い、海のような色のブルーの布が張られていた。その前に薄灰色の箱がランダムに重ねられている。

体が動いていた。白いボードに書かれた青の『Wake』の文字。木陰で、長い黒髪が揺れた。隣の店の人と話す横顔。すっきりした額に、しゅっと筆で描いたような眉、そして、切れ長の目——

「ちょっと」と誰かに咎《とが》められた。なにかにぶつかったようだ。でも、感じない。音もどんどん遠くなっていく。

目の前をちらちらと白いものが舞う。波みたいだ。高速船から眺めていた白い波飛沫。

その向こうで、真以が私を見ていた。

薄い唇がかすかに動いた。

よ、う。

それが自分の名だとわかった瞬間にどっと音が戻ってきた。のどかな昼下がりのざわめきに包まれる。遠くで転んだ子供がけたたましく泣いた。

「よう？」

面長になった真以が首を傾げた。背が伸びた。オーバーサイズのパーカーにデニムのズボンを穿《は》いて、足元はスニーカー。夢からでてきたみたいに変わらない服装。同じ歳のはずなのにすごく若く見える。化粧をほとんどしていないせいだと、近付いて気がつく。

「アクセサリー……」

自分でも予想外の言葉がこぼれでた。

「アクセサリー、真以の？」

「ん」と、またわずかに首を傾げ、積み重ねられた薄灰色の箱を見る。「うん、ほとんど売れちゃったけど」

確かに、もう二つ三つしか残っていなかった。

「真以はつけてないの？」

「ん」とまた真以は言った。反応が遅い。表情にはでないが、彼女もびっくりしているのだろう。私も驚いている。驚いているのに、自分の口からはどうでもいいことばかりがつらつらとでる。

「サイトを見た。シンプルで、きれいな、アクセサリー。真以はつけないの？」

真以はちょっと眩しそうに目を細めた。

「自分用に作っているわけではないから」

少しだけ沈黙が流れた。それから「ひさしぶり」と静かに真以は言った。


賑わう市の中を二人で歩いた。真以は隣でビーズのアクセサリーを売っていた女の人に、自分の店を見ていてくれるよう頼んだ。

「値切られても応じたら駄目」と言う真以に「オーケイ、オーケイ」と大きな口で笑った女の人は彫りが深く、発音から日本人ではないと知れた。

「トモダチとゆっくりしといでー」

波打つ豊かな黒髪を揺らして、女の人は私たちに手を振った。ぎこちない発音の「トモダチ」が胸に残った。真以は否定も肯定もしなかった。前を行く真以の髪は、女の人と同じ漆黒なのに、風のような透明感があった。桜の花びらが散っても、するりと髪を滑っていく。癖毛の自分はどれほどこの髪に惹《ひ》かれたことか。

また、伸ばしたんだね、と思う。口にはしなかった。

真以はどこに向かうでもなく歩いている。元気だった、とか、どうしてるの、とかは訊いてこない。余計なことは話さない子だったと思いだす。ときどき振り返っては「あの店のジャムはおいしいよ」とか、「いつもあそこにだすパン屋は午前中にはなくなるから」とか言う。「コーヒー飲む？」と訊かれて、首を横に振った。なぜか食べ物ばかりを勧められる。曖昧に返事をしていると、「もしかして、もう見た？」と足を止めた。

「ざっとは」

「そっか」と無表情で頷《うなず》く。案内したかったのだろうか。そもそもなにをしにきたと思われているのか。それも訊いてくれない。

「なにか欲しいものとかある？」

返事に窮した。真以と話をしにきたのだ。欲しいものは、わからない。けれど、まわりを眺めてみた。桜や木立の中にすっぽりと埋まった市はふわふわとした笑顔に満ちていて、私と真以だけがしんと沈んでいるような気がした。

真以が私をじっと見ていた。ああ、変わらない。この目だ。黒い、夜の海みたいな、吸い込まれるような目。この目から私は逃げていたんだ。どうして真以はそんな風に私を見られるんだろう。置いていったのに。裏切ったのに。

もう昔のことだから、だろうか。私だけが過去に取り残されているのか。

「店はいいの？」

目を逸らして言うと、「ちょっと葉と見てまわりたくて」とつぶやいた。

「お祭りに行く約束、守れなかったから。夏じゃないし、神輿《みこし》はないけど」

高速船から眺めた夏祭りの灯が浮かぶ。広島に行った、暑い日だった。クリームパンとぬるいオレンジジュースを分け合って、手を繋いで真以の母親の踊りを見た、夏の一日。

「もう」

「え」

「もう忘れているのかと思っていた」

真以が、ふ、と笑った。風が抜けるように。変わらぬ笑い声。

「忘れないよ」

胸が苦しくなった。痛みとは違う。うまく言葉がでてこない。忘れられるわけなんてない。忘れられないから、こうして会いにきているのだ。ずるい、と思う。ずるいよ、真以。約束は嫌いだったくせに。そんなことを言われたら、なにも言えない。

なんで？　どうして？　なぜ私を置いていったの？　なんで約束をまもってくれなかったの？　叫びそうになる。

でも、そんな風に笑えるのは、もう済んだことだからなの？

段ボール箱を担いだ男性が横を通って、肘《ひじ》が耳の上をかすった。上体がよろめいてバランスを崩す。ぐらっと揺れる視界の隅に、地面に広げられた布と並んだ一輪挿しが映った。避けようとして、足がもつれる。

「葉！」

真以の声がして、腕を摑まれた。背中も支えられる。

「気をつけて！」

鋭い声で真以が男性に叫び、「わ、すいませんでした」と男性が背を丸くして謝った。男性が段ボール箱を胸の前に抱えなおして、頭を下げ下げ去っていくのを、私は真以にしがみついたまま見つめた。

　真以の首筋からは湿った土と清涼な植物を混ぜたような香りがした。その匂いは鬱蒼《うっそう》とした亀島の森を彷彿《ほうふつ》とさせた。小さい頃の真以の匂いを思いだそうとしたが、うまくいかなかった。大きすぎるウィンドブレーカーがたてる乾いた音と潮の匂いしか思いだせない。

「真以」と言うと、真以は私の腕から手を離し「足首とかひねってない？」と訊いてきた。真剣な顔をして。

　こういう人だった。

　誰かに手を差しのべることに躊躇《ためら》いがなく、自分にできることをしようとする。周囲がどうであろうと構わず。

「真以」

　なに、と言うように私を見る。

「真以は幸せ？　いま、幸せに暮らしている？」

　幸せなら、もういいと思った。いまさら、昔のことなど訊かずに、笑い返して去ろうと。

　でも、真以の表情は動かなかった。私を見つめたまま、言葉を探すでもなく立ち尽くしていた。あまりに長い時間、黙ったままなので、自分がひどく見当違いなことを言ってしまった気がして恥ずかしくなった。

　ふいに「ねえ」と真以が言う。

「お腹すいた。なんか食べにいかない?」

唐突で驚く。見ひらいた私の目を了承と受け取ったのか、真以は石段のほうへと歩きだす。

数秒遅れて、やっと体が動いた。ポケットに両手を突っ込んだ真以の背中を追う。

はらはらと視界が揺れて、私と真以の間に桜が音もなく散っていった。

3

昔から迷いのない子だった。

いや、内面では葛藤《かっとう》や逡巡《しゅんじゅん》があるのかもしれないが、迷っているうちはじっと動かない。決めたらまっすぐ進む。その背中を私はいつも追っていた気がする。

真以がぐずぐずしてるところを見たことがない。

いつだったか、昔、そう言ったことがある。

「不器用なんだと思う」

潮風に目を細め、ぼそりと答えた真以の言葉の意味を私はうまく理解できなかった。今もやっぱりわからないまま、真以について歩いている。春の柔らかな風は桜の花びらをゆるく散らす程度で、潮風とは違い彼女の髪を乱さない。一枚の花びらが吸いよせられるように長い髪にからまった。

真以の髪は昔と変わらず夜の海のように黒い。じっと見ていると、真以が島からいなくなった嵐の晩がよみがえり、息が苦しくなった。そっと手を伸ばし、白い花びらをつまむ。

花びらは頼りない感触を指先に残して、コンクリートにはらはらと落ちていく。真以がかすかに振り返って、歩調を落とした。

「桜が」と、髪に触れた言い訳をするように言ってしまう。真以は通り抜けてきた鳥居をちょっと仰いで、「見頃だよね」と目を細めた。違う、と思ったが、頷いた。真以は口元だけで微笑んだ。さっきから、真以が笑うたびに胸がざわめく。こんな優しい顔をする人だっただろうか。いや、私は子供の頃の彼女の表情しか知らないのだ。大人になったから、こんな風に笑えるようになったのだろうか。

自分はどうだろう。物わかりの良い顔を作ることばかりがうまくなった気がする。でも、それはあの島にいた幼い頃と変わりがない気もした。だからこそ、愛想笑いをせず、我が道をまっすぐに進む真以に憧れたのだ。

真以がすっと横道にそれた。住宅街を少し歩き、すぐに白っぽいコンクリート打ちっぱなしの建物に入っていく。中は半地下になっていて、中央には大きな木のテーブルと開放的なキッチンがあった。その周りに大きさの違うテーブルが離れ小島のように置かれていた。テーブルとテーブルの間隔はゆったりとしている。キッチンの中で眼鏡の男性店員が会釈をした。大きな木のテーブルではエプロンをした若い女性が食事をしていた。まかないの時間なのだろう。

真以はコンクリートの階段を猫のような身軽さで下りると、壁際の二人用テーブルの椅子をひいた。私も向かいに腰かける。天井近くの窓から地上の陽光が柔らかく降りそそぐ。白っぽい店内のあちこちに赤いシノワズリの飾りが垂れ下がっていた。昼と夕方の間のひと気のない時間で、店内のぬるいゼリーのような空気に急に眠気がたち込める。漢字ばかりのメニューが頭に入らない。そもそも、お腹が減っているのかもよくわからなかった。

「お粥《かゆ》があるよ」と真以に言われるままに生姜《しょうが》粥を頼んだ。中国茶と軽食の店のようで、真以は聞いたことのない茶も注文した。中国茶のメニューはまた別にあり、迷っていると眼鏡の男性店員が「おふたりで飲めますよ」と言った。私が返事を考えている間に「お願いします」と真以が答えてしまった。男性店員はにっこりと微笑み「すぐお持ちしますね」とキッチンへ戻っていった。穏やかな声でほっとする。プライベートでも、仕事でも、客という立場でも、男性と相対すると体が緊張するのを止められない。優しそうな人だと判断するまで力が抜けない。女性相手にはそうではないのに。どこかで男性は自分に危害を与える存在だと思っている気がして、親切な人には申し訳なさが込みあげる。

グラスの水をひとくち飲んで、向かいに座る真以を見る。目の前にいることが、うまく、信じられない。強い記憶はいつしか自分の中で物語のようになっていたのだと気づかされる。真以と自分との物語。けれど真以から見れば、ただ子供時代のクラスメイトに再会しただけのことかもしれない。

「あの……」

話しかけたところで若い女性店員がやってくる。テーブルにポットを置き、小さな茶器を並べだす。急須は掌《てのひら》に載るくらいで、ままごとのお茶会みたいだった。

「いれかた、わかりますかー」と言ったイントネーションで日本人ではないことに気づく。中国の人だろうか。二十代前半くらいにしか見えないので留学生なのかもしれない。真以は彼女に向かって頷くと、流れるような動きでポットから急須に湯を入れ、プラスチックの砂時計をひっくり返した。じっと待っている。私もつられて黙ったまま砂が落ちていくのを見つめる。

ピンクに色づけされた砂の最後のひと粒が落ちると、真以は急須を片手で持ち、ミルクピッチャーのようなガラスの容器にそそいだ。高い位置から茶をそそぎ、徐々に急須を下げていき、最後の一滴までじっくり落とす。それを酒杯みたいな茶器に注ぎ分け、ひとつを私のほうへ、片手でついっと寄越した。

片手で持つのが作法のような気がしたが、両手でそっと持って口へ運んだ。淡い金色の液体が湯気をたててゆらゆらと揺れていて、嗅いだことのない良い香りがした。息を吸い込む。ひとくち飲むと、ほうっと肩から力が抜けた。繊細で、やわらかい。

小さな茶器はふたくち飲むともう空になり、茶托《ちゃたく》に置くと、真以がすかさず新しい茶を注いでくれた。「ありがとう」と手に取る。茶をゆっくり飲むなんてどれくらいぶりだろう。会社で作っている大量生産の飲料ではだせない儚《はかな》い味わいに、慌ただしい日々からこぼれ落ちたものをひとつ拾えたような気持ちになった。

会社、で思いだし、鞄から名刺入れを取りだす。一枚ひっぱりだして真以に差しだすと、受け取りながら「松戸……」とつぶやいた。

「あ、結婚したわけじゃなくて」

「うん、香口のおじいさんたちの苗字だね」

覚えていたのか、と思う。島を省略する、あの地域独特の懐かしい言い方。

「恥ずかしい話だけど、親が離婚して。父は若い女の人のところにいっちゃってね。結局、松戸になったよ」

早口になる。茶をひと息に飲んだ。真以はポットを手に取り急須に湯をそそぎながら「葉が恥じることはないよ」と言った。私を見る。

「葉は葉だしね」

飾りけのない言葉が胸に響く。なぜか、苦しくなる。

「真以は？」

「変わらないよ」と短い返事。私の名刺をもう一度見て、「大手だね」と言った。

「知名度だけは」

「葉は頭良かったもんね」とだけ言って、片手で茶を淹れる。

会社のイメージと合わないのか、社名を告げるとたいていの人には驚かれる。私はエリートっぽく見えないのだろう。友人の紹介で会った男性に「え、受付とか？」と上から下まで見て、嘲るように言われたこともある。それから「総合職なんだ。ちょっと、俺、恥ずかしいじゃん」と言われた。女性は男性より高収入だったり、高学歴だったりしたら、恥をかかせてしまう存在になるのだろうか。女性は女性で「えーすごいー、でも釣り合う人なかなか見つからなくない？」と言う人がいる。そういうことがある度に、私は男性と女性で上座と下座に分かれて座っていた島の寄合を思いだした。

けれど、真以は社名に対する過剰な反応をしなかった。細い湯気がたつ中、茶器を扱う彼女の伏し目がきれいだと思った。数秒ぼんやりして、はっと我に返る。

「会社で伝統工芸の職人さんを調べていて、それで真以を見つけたの」

「ああ」と真以は変わらぬ調子で言った。「そうなんだ」

波佐見焼のことも、自分のアクセサリーのことも口にしない。居心地の悪い沈黙が流れる。

眼鏡の男性店員がやってきた。調味料を並べ、真以の前には蒸籠《せいろ》を、私の前にはどんぶりを置いていく。鶏だしの中華粥だと説明してくれる。揚げワンタンと小口葱《ねぎ》、黒酢に漬けた生姜の千切りも小皿でついてきた。

「食べようか」と湯気の向こうで真以が言う。

レンゲですくっても米のかたちが見えない粥はポタージュスープのようで、口にふくむと、とろりと喉をすべっていった。「おいしい」と声がもれる。真以は透きとおった生地の蒸し餃子《ぎょうざ》を箸でつまんだまま「良かった」と頷いた。

じんわりとお腹の底が温まっていく。このところずっとあった吐き気が生姜の香りで抑えられていた。会話を忘れて、ゆっくり、ゆっくりとレンゲを運んだ。

ひと椀《わん》の粥を食べきるのに、ずいぶん時間がかかった気がする。真以は点心のセットを食べ終えて黙って茶を飲んでいた。二組ほど客がきたが、店内は穏やかな空気のままだった。

軽快な足音に顔をあげると、十歳くらいの女の子が階段を駆け下りてきた。眼鏡の男性店員に中国語と日本語の入り交じった言葉で話しかける。元気な声に、店内の人々が微笑む。男性店員は照れたような顔で笑うと、キッチンカウンターに置かれた大きなビンの中から焼菓子をだして袋に入れ、女の子に手渡した。「バーバ、ありがとう！」大きな声で女の子は叫ぶと、また階段を駆け上がっていく。ドアの前でもうひとりの女の子が待っているのが見えた。ふたりは笑い合い、手を繋いで走っていく。その姿を男性店員が慈愛に満ちた表情で眺めていた。

島で出会った頃の真以と自分を思いだした。

レンゲを置く。真以と目が合う。

「真……」

「ここ、甘いものもあるよ」

思い出に浸っていた自分が恥ずかしくなり、「大丈夫」と首を横に振る。「すごくお腹いっぱい」

「良かった」と真以がまた言った。茶を注いでくれる。「顔色がよくなった」

「顔色、悪かった？」

真以は静かに微笑んだ。その顔はなぜか少しかなしそうで、でも、優しくて、喉の奥がぎゅっと詰まったようになってうまく言葉がでてこなくなった。茶を飲み、息を吐いて、心配されたのだとわかった。

「最近……うまく眠れなくて」

「でも、今はちょっと眠そうな顔をしているよ」

「食べたからかな。あったかいものを食べたのもひさしぶりな気がする」

「帰ろう」と唐突に真以が言った。「家でゆっくり休んだほうがいいよ」

伝票を摑もうとする手を慌てて遮る。

「待って、待って、真以。まだ、なにも話せてない」

真以はまっすぐに私を見た。黒い切れ長の目は凪いだ海のようだった。焦っているのは、その目に映っている私だけだ。

「葉の話なら聞くよ。でも、今日はわたしもまだ片付けがあるから」

「あ、そうだよね」と目を逸らしてしまう。

「また」という言葉に頷いて、連絡先を交換した。真以はこの近くに住んでいるのだと言った。急に食べたせいか、体が怠《だる》かった。手作り市へと戻っていく真以の細長い後ろ姿を見送ると、タクシーを拾った。

真以のことはなにも訊けなかった。昔のことも、どこでどんな風に生きてきたのかも。どうして今は窯元にいないのか。作っているアクセサリーのことさえ。幸せなのか、という問いに答えてくれなかったことも気になった。

でも、会えた。言葉を交わせた。一緒に食事をした時間は静かで、あたたかくて、思いだしているうちにうとうととしてきた。

運転手の「着きましたよ」という声で目が覚めた。眠っていたことにも気づいていなかった。慌ててお金を払い、タクシーを降りる。

部屋に戻ってコートを脱ぐと、冷えたフローリングに桜の花びらがひらひらと落ちた。

夢じゃなかったんだ、と思った。

やわらかい眠りだった。なにか、夢をみていた。でも起きたら忘れてしまうような淡い夢だと眠りの中でも気づいていた。とろりとしたあたたかい水に浸かっているみたいな感触。島を包んでいた穏やかな青緑色の海を思いだす。

その瞬間、浮かびあがるように起きた。つうっと目尻《めじり》から涙がこぼれたが、なぜ泣いているのかはわからない。

見慣れた部屋の天井を見上げながら、初めて一人で海を見た日の記憶だと気づく。島へ向かう電車に揺られながら、とろとろと夢をみていた。あの日、高速船で真以に出会った。

体を起こして、枕元のスマホを見る。昨日、帰宅してシャワーを浴びてから「今日はありがとう。お店の邪魔をしてごめんね」とメッセージを送った。既読になって数分後に「こちらこそありがとう」と返事がきた。「会えて嬉しかった」とか「また会おうね」といった社交辞令のない、彼女らしい文面だった。ああ、真以だ、と思った。画面を見つめているうちに眠ってしまった。

乾かさずに寝たせいで髪はひどいものだったが、ひさしぶりに深く長く眠れた。けれど、体がもったりと重く、立ちあがると足裏にむくみを感じた。洗面台に映った顔もむくんでいる。下腹に鈍い痛みを覚えてトイレに行くと、便器に黒っぽい血が数滴落ちた。

あれ、と思い、手帳を見る。三ヶ月ぶりの生理だった。販売促進部に来てから周期が乱れがちになっていたが、三ヶ月も止まっていたことに気づいていなかったなんて。

昨日の真以の心配そうな顔を思いだす。初潮を迎えた時も、私は真以に頼った。母は傍にいなかったし、祖母にも打ち明けにくかった。島という閉鎖環境で、顔見知りの商店に生理用ナプキンを買いにいくのもひどく恥ずかしかった。

なぜ、あんな幼い頃から生理は恥ずかしいという意識があったのだろう。大人になった今もそれは根強く残っていて、どんなに生理が重くてもそれを理由に会社を休みたいとは言いにくい。先輩の牧さんはよく「女ばかりが『違う』というデメリットを引き受けている」と言っていた。それは一理あると思う。

でも、私はそれを梶原部長の前では言えない。それどころか、頻繁にトイレに立つと嫌味を言われるので、大きめのナプキンを持参しようとしているくらいだ。

ため息をつく。出勤の時間が迫っていた。明日のためになにかを変えることなんてできない。毎日、今日をやり過ごすことで精一杯なのだから。

スマホが震えて、メッセージが浮かびあがる。真以だった。

——眠れた？

私の体調をまっすぐに心配するだけの素っ気ない優しさに笑みがもれた。出勤前に痛み止めを買って、今日を生き抜こうと思った。


真以からの返信はたいてい遅かった。既読がつけば、すぐに返信がくるが、昼に送ったメッセージが夜になっても読まれないことも多かった。会社勤めをしているわけでもなさそうな真以の生活は想像しづらく、休日に誘ってもいいのかも判断できなかった。相変わらず私の体調を気遣ってはくれていたが、それ以外に話題を振ってくることもない。話をしたいとも言いだせず数日が過ぎた。

ひと気のない階段の踊り場で立ったまま乳酸菌飲料を飲み、スマホを見つめた。いつも昼休憩を取る時間がなくなる。固形物を急いで食べると気持ちが悪くなるので、野菜ジュースや乳酸菌飲料ばかりで済ませてしまう。真以に連れていってもらった店の粥が食べたいなと思った。また行きたいと言っていいだろうか。大人なのだからひとりで行けばいいのに、と思われてしまうだろうか。

迷って、止める。粥も食べたいけれど、私が欲しいのはあの時間なのだ。部署に戻ろうとすると、廊下で長野くんと営業部の男性が立ち話をしていた。西村《にしむら》さんという、いつも体を斜めにして喋る、ちょっと怖そうな人だった。西村さんは「なんだこの洒落た刈り上げは」と長野くんの髪をわしわしと掻きまわした。ぎょっとして、足が止まる。

「うわーそういうイジり、めんどいっす」

長野くんの発言にも驚いたが、彼らは笑っていた。前に長野くんが営業部にいたことがあったのを思いだした。

「長野、営業に戻ってこいよ」

「え、しんど」

「しんどいのが仕事だろうが。こっち、めちゃくちゃ忙しいんだよ最近。お前の涼しい顔、貸してくれよ。激務ですぐにぎらっぎらになれるぞ」

「つら」

ふざけ合う姿をぼんやりと眺めた。「しんど」とか「つら」とか言える人はいい。それだけ尊重されているっていうことだ。余裕があるということだ。営業部の西村さんが立ち尽くす私を見た。確かに、目がぎらりと鋭い。

「ほら、お前のせいで怖がられちゃっただろ」

西村さんが両手をひろげて長野くんから離れる。梶原部長と同じようなことを言っているのに全然違う。なにが違うんだろう。「あ、そうだ松戸さん、今井《いまい》がお願いしていた件どうなった？」と、屈《かが》むようにして訊いてくる。

「すみません！　すぐにお返事します」と反射的に謝ると、「いや、そんなびびんないで」と笑われた。

「私、びくびくしていますか」

ふと、声がでていた。西村さんが「え」というような顔をする。長野くんが乱された髪を整えながらちらりと私を見た。その顔はもう笑顔ではなく、いつものたんたんとした表情だった。

「私がびくびくしてるから良くないんでしょうか……」

「良くないって？」

「怒られたり、笑われたり……」

西村さんは腕を組んで片手で顎を触った。「あ、剃り残し」と呟く。この人のどことなく飄々《ひょうひょう》とした空気につられてつい言ってしまったが、他部署の人間に告げ口してるみたいだと気づき、「すみません。なんでもないんです」と頭を下げた。

「他部署のことはわからないけど、俺は怒ったことないな、仕事で。叱ったことならあるけど。笑うのは、なんだろな」

「いま西村さんも笑ったじゃないすか」と長野くんがぼそりと言う。

「あ、そっか。なんも考えてなかったな。あー、それは悪かったわ」

西村さんはあっさりと謝った。「お、電話」と言って、スマホを耳に当てて大股で去っていく。西村さんの大きな声が遠くなっていくと、長野くんが溜息をついた。

「笑う奴は、笑えないことが起きているって認めたくないんですよ」

「え」

「昔、松戸さんみたいな人がいましたね」と目を逸らしながら言い、「いや、もっと下らない理由で笑われてたか」とつけ足した。

「その人は……」

「しんど」と長野くんは言った。西村さんに言った「しんど」とは違う言葉に聞こえた。はっきりした拒絶が重く響いた。

「しんどいから思いだしたくないんすよ」

そう言うと、長野くんは私を置いて部署へ戻っていった。

その日、梶原部長の機嫌は悪かった。何度、チェックをお願いしても無視か「今、忙しいから」と言われた。

もう会議では通ったものとはいえ、梶原部長のチェック無しで企画を進めてしまえば、あとでこっぴどく怒られる。ひどい時にはやり直しになり、他の部署に迷惑をかけてしまう。あちこちに「もう少し待ってください」と頭を下げ、梶原部長に「すみません、お目通し願えますか」と言い続ける。部署の人々は見ないふりをしている。梶原部長が私に絡む時は、話を逸らしたり、質問をしたりして遮ってくれることもあるが、無視の時は誰もなにも言わない。関わり合いにならないように、自分の仕事に集中するふりをしている。

仕事が進まないまま席にいると、胃が痛くなってきた。片手でぎゅっと腹を押さえつけるが、時折ふっと気が遠くなる。誰かのキーボードを打つ音が遠くなったり、近くなったりして、複合機の轟音に意識が切れぎれになっていく。視界が白っぽい。電話が鳴っているのはわかるのに手が動かない。

「松戸さん、顔めっちゃ白いですよ」

数秒たって自分のことだと気づく。長野くんがこちらを見ていた。

「具合悪いんじゃないすか？」

けっこう大きな声だった。部署の視線が集まるのを感じた。「は？　なに？」と梶原部長の声がして体が強張《こわば》る。

「え、ちょっと勘弁してよ。なんか電話取らないなと思っていたらさあ」

見ていたんじゃないか、と怒りがわく。刺すような激痛が起こり、声がでなくなる。梶原部長は椅子を大きく軋《きし》ませて立ちあがった。腹を押さえる私を見下ろす。

「大人なんだから自己管理はちゃんとしてくれないと。周りに迷惑かけるでしょうが。しんどいなら帰ってくれていいし」

「あの、これ今日中に製造部に回さないといけないのでチェックお願いできますか」

なんとかファイルを差しだす。今を逃すと、もう梶原部長は話しかけてこないかもしれない。

「え、なにそれ」

梶原部長の片眉があがった。

「俺のせいって言いたいの？　自分がギリギリで仕事しているから今日中とかになるんじゃないの」

違う。先週にはできていたのに梶原部長が目を通してくれなかったのだ。でも、それを言ったらますます機嫌が悪くなる。黙っていると、「違う？」と机を叩かれた。音にびくっと体が震える。

「そう……ですね……」

「体調悪くても出勤しないといけない環境を作っているのは自分でしょうが。そうやってなんでも人のせいにしてさあ、周りに気づいてもらえることを期待してるのって女性の悪いところだよ。仕事なんだから甘えないで欲しいよ。いちいち言わないとわからないかな」

延々と続く。黙って最後まで聞いているしかないのはわかっているけれど、今度は胃の中がぐるぐるしてきた。痛い。気持ち悪い。

「すみません！」

梶原部長の細い目が見ひらかれて、自分が叫んだことを知る。けど、もう、限界だった。

「吐きそう……です……」

口を押さえて廊下へ走り出る。トイレに駆け込むと、便座に突っ伏した。

えずいても、酸っぱい粘液と唾液《だえき》しかでない。涙と鼻水ばかりがだらだらと流れる。なのに、吐き気はおさまらない。胃がぎりぎりと絞られるように痛い。痛みのもとのような、体を苦しくさせる元凶を吐きだしてしまいたいのに、でない。

肩で息をして、便器の縁を摑む。冷たい汗が首筋から背中へと流れていく。床についた膝が震えて、腰が落ちた。そのまま、個室の壁にもたれて座り込む。

目をとじて、じっとしていると、だんだん吐き気がおさまってきた。でも、まだ動けない。こつこつと靴音が響き、トイレに人が入っては出ていく。化粧直しをしながら談笑する女性社員の声も聞こえた。遠すぎて、羨ましいとすら思えない。

ただ、自分はこんな冷たい床に座り込んでなにをしているのだろうと思う。悔しいけれど、梶原部長の言う通りなのかもしれない。ここで待っていれば誰かが助けに来てくれると期待している。

そんな風に思われるのは嫌だ。立ちあがり、洗面所で顔を洗う。

あらためて見る自分の顔はひどかった。血の気がなく唇は紫色、瞼は腫れ、くまもできている。帰らせてもらおう、と思う。休んで良くなる気もしなかったが、この顔で仕事をして同情を誘っていると思われたくない。

トイレを出て、自動販売機の並ぶ休憩所の前を通った時、煙草の臭いがした。喫煙所は別階にあるのに、時々、梶原部長が休憩所で煙草を吸っているという噂があった。ふーっと息を吐く気配の後に、「部下がトイレにお籠《こも》りでね」と声がした。

「女子トイレだから介抱にも行けないよ」

足が止まる。「参るわ」と笑い声。「つわりとかじゃないよな、まったく」

「梶原さん、そういうこと言うとセクハラになりますよ」

相手も笑いを含んだ声だった。やれやれとでも言いたげな、笑いでごまかしてしまおうとする嫌な雰囲気があった。

「面倒だよね。勝手に妊娠して、産休も育休も取られて、その間こっちの仕事は増えるわけじゃない。男ってだけで損なのに、セクハラとかまで気をつけなきゃいけないってさ」

「まあ、そういうご時世ですから。梶原さんも育休は取れるんじゃないですか」

「ばっか、お前、うちのかみさん、もう五十だし。俺らが若い頃は男が育休なんてありえなかったわ。だから、損だっていってんの」

曖昧な相槌。また息を吐く音がした。梶原部長が嫌味を言う時の半分だけ歪んだ口元を思いだす。

「牧だっけ、前にうちの部署にいた女。妊娠した時に新発売のブラックコーヒーの仕事ふったことあったんだよね。そしたら、嫌がらせだって言われてさ。妊婦はカフェイン駄目なの常識ですよって、勝手に非常識にされてさ。それ、常識？　そんなの教科書に書いてあったか？　なんで女側の常識にこっちが合わせなきゃなんないんだよな」

舌打ちが聞こえた。

「男も女も同じ給料なのに、こっちばかり気を遣わなきゃいけないのはおかしいだろうが。高齢出産の女はプライド高くてすぐカリカリして扱いにくいよ。だから、若い女がつけあがらないように教育してやってるんだよ、俺は」

足音をたてないようにそっと離れた。でも、耳には梶原部長の声がべったりとこびりついていた。

恥をかかされた逆恨みか。「女」という塊に対しての。

私自身がどうかなんて問題ではなかったのだ。どんなにがんばっても、耐えても、意味がなかった。

でも、私も男性を「男」という塊で見る。相対すると、どうしたって体に緊張が走る。自分のほうが立場が上で、力もあったら、梶原部長が私にするようなことを、私もするのだろうか。いや、しない。しないと思いたい。

廊下の窓から外が見えた。灰色の視界にビルが無数に並んでいる。都会という海に浮かぶ島のようだった。会社も、部署も、島だ。子供の頃にいた、閉鎖的で偏見に満ちた、離れ小島と変わらない。

自分の机に戻ると、さっき梶原部長に差しだしたファイルが置いてあった。荷物をまとめてパソコンを切り、「製造部に寄って、早退します」と言って、返事も待たずに部屋を出た。ここから逃げたかった。会社の顔を作って人と接することが、もう無理だった。

梶原部長に会わないように階段を使って下りる。鞄からスマホをだす。

階段の踊り場で、じっと無味無臭の小さな文字を見つめた。

「真以」と、つぶやく。

蠟燭《ろうそく》に火が灯《とも》るように、かすかな光が見える。小さい頃の私にとって彼女の名は光だった。暗い海で灯台の光を目指して進む船のように、そこに辿り着けば救われると信じるに足るものだった。

今、また、その気持ちがわきあがっていた。

鞄を肩にかけて、一字一字打ち込む。真以に会いたい。それだけを送った。

人の気配のない踊り場に立ち尽くし、既読がつくまで画面を見つめていた。

作業中だから少しだけなら、と真以が指定したのは手作り市の神社だった。

私は鳥居へと続く石段に腰かけて真以を待った。満開を過ぎてはいたが桜はまだ花をつけていた。夕暮れ時の神社はしんとしていて、鬱蒼とした樹々も暗かった。桜の花は音もなく降り続いている。あまりの静けさに耳がおかしくなったような心地がした。刻一刻と薄墨を重ねていくような空気の中でも桜は白く、散った花びらさえも淡く発光しているようで、コンクリートを染めていく儚い花に見惚《みと》れていた。

軽やかな足音がして、目の前でスニーカーが止まる。灰色や白の、泥のようなものがあちこちにこびりついている。紺色のだぼっとした作業着みたいなズボンも汚れていた。

「待たせてごめん」

真以の、女性にしては低い、落ち着いた声がした。首を横に振る。

「知り合いの工房を借りている日で。いま、焼いているところ」

説明したつもりなのだろうけど、相変わらず真以の言葉は少なくて、よくわからない。ちょっとだけ笑いがもれた。横に座った真以は「え」と首を傾げた。

「ううん、なんでもない」

「はい」と真以は追及せずにペットボトルのミルクティーを渡してきた。温かかったので、「ありがとう」とお腹にあてる。

「まだ体調悪いの?」

「うん、生理は終わったはずなのに、なんかお腹痛くて」

それでも会社を離れると痛みは徐々に薄れてきていた。

「体を冷やさないほうがいい」

頷くと、涙がこぼれた。急だったので自分でも驚く。「ごめん」と言って、手の甲で拭う。

真以は黙っていた。

「会社で嫌なことが続いていて。疲れているのかも。なんか、真以に助けられていたことを思いだしちゃって……男子に意地悪されたときも、初めて生理になったときも」

真以はまだ黙っている。

「いまさら頼るわけじゃないんだけど……」

「話は聞くけど」

遮るように言われた。

「わたしはなにもしてあげられない」

思わず真以を見てしまった。真以は私を見ずに、前を向いている。高速船で波を見つめている横顔と同じだった。私とは違うところを見つめる目。

私はまた期待したんだ、と恥ずかしくなる。「ごめん……」と言った声が震えた。

「違う」と真以が言う。「ん」と言葉を探して、「わたしは間違うから」と言った。

「どういうこと？」

真以はまたしばらく黙って、ペットボトルの水をひとくち飲んだ。

「この間、葉、わたしに幸せかって訊いたでしょう」

頷く。

「思いだした」

「なにを」

真以はまっすぐに私を見た。

「児玉健治《こだまけんじ》」

一瞬、わからなかった。けれど、すぐに警察官が貼ったポスターが浮かんだ。テレビのニュースも、記者たちのカメラやフラッシュも。私たちは呼ばなかった名前のはずだ。私たちはわざと「お兄さん」としか言わなかった。その人が本当にその名なのか、知るのが怖かったから。

ふいに背後の森がざわっと風で揺れた。暗い亀島がそこに在る気がした。

「お兄さん……」

言ってから、当時の彼はもう今の私たちより年下なことに思いいたる。それでも、私の中では彼を示す言葉は「お兄さん」しかなかった。真以の前では「あの男」とは言いにくかった。

「そう」と真以は頷いた。

「彼もわたしに訊いた。幸せかって。髪を切ってもらった日」

真以はいったん言葉をくぎって、また口をひらいた。

「幸せかって訊いてくる人は、たいてい、幸せじゃない」

ぎくりとする。

「幸せのことを考えるのは不幸なとき。現状を変えたいけど、どうにもならないとき。だから、同じような人を探す」

「真以!」

思わず真以のパーカーの袖を摑んでいた。

「私はそういうつもりじゃない! あんな……あんな別れ方をしたから、ずっと真以がどうしているか気になっていた。幸せでいて欲しいって、ほんとうにそう思って――」

言いながら、嘘だと思う。それだけじゃない。昔のことを訊きたい気持ちを私は隠している。それに向き合うのが怖くて、真以が幸せならいいと勝手に納得しようとしたのだ。

私の手の甲に真以が手を置いた。落ち着かせようとするように撫でる。

「わかってる。葉は彼とは違う」

「じゃあ、なんで……」

拒絶するようなことを言うのか。喉元まででかかった言葉を呑み込む。

「東京にきたのは、いろいろ理由はあるんだけど、彼を捜したかったからなんだ」

静かな声だった。心臓がひき裂かれるような衝撃が走る。私のことは捜さなかったのに、お兄さんは捜したのか。

「見つけたの？」

真以が顎を揺らす。

「どうやって？」

「ネットの書き込みに目撃情報があったから。小さなバーで雇われ店長をやっていた」

「会った？」

矢継ぎ早に質問してしまう。真以はちょっと困ったように微笑んだ。

「会ったよ。すごいなって言われた。よく顔だせるなって」

「え……どういうこと」

「彼はわたしと逃げたせいで誘拐の罪も上乗せされたから。違うのに、子供のわたしがいくら言っても信じてもらえなかった。そのことを詫《わ》びたいと思ったのに、放っておいてくれって言われた。もう関わりたくないと」

なんと言っていいかわからなかった。真以はたんたんとした調子で話していた。傷ついているようにも、辛《つら》そうにも見えなかった。それだけに余計なにも言えなくなる。

「わたしは不器用だから、進むしか、行動するしかないと思ってしまう。そして、かえってひどくしてしまう。そんなことがあったから、葉は捜せなかったよ」

膝を抱えて頭を埋《うず》める。くぐもった声が聞こえた。

「迷惑をかけてしまう気がして」

「真以……」

「助けようとか、おこがましい。そう言われた」

長い黒髪は、今日はひとつに束ねられていた。つるりとした頭がすぐそばにある。

言葉より触れたい、と思った。頭を撫でたり、肩を抱いたり、したい。真以は嫌がるかもしれないけれど。

そっと手を伸ばすと、真以が顔をあげた。慌てて引っ込める。

「そろそろ行かなきゃ」

息を吐き、すっと立ちあがり、吹っ切るように髪を束ねなおす。

つられて立ちあがった私に、はい、となにかを手渡してくる。平べったい、ざらりとした質感の白い石だった。表面に点字のようにぷつぷつとした模様があるのが感触でわかったが、もう暗すぎてうまく見えない。

「真以が作ったの？」

「うん、枕元に置いてアロマオイルを垂らして。うるさくない程度に香りがひろがるから、きっとよく眠れる」

そう言って、ポケットから青い小瓶をだす。

「苦手な匂いだったら、他のを使って」

声がでなかった。それでも助けようとしてくれるじゃないか、と思う。自分にできることを、人のために考えて、動いてくれる。迷惑なわけがない。

「葉？」と真以が私を覗き込んだ。薄闇に、千切れた光のような花びらが散る。かき集めたい、と思った。あの嵐の晩に失った光を集めて、真以の過去を照らしたい。真以を問いただす以外の方法で。

4

自分の足で進んでいるのに現実じゃないみたいだった。

まっすぐ進む真以の後ろ姿を思いだす。彼女もこんな気分だったのだろうか。

人の行き交う大きな駅を出て、眩《まばゆ》い歓楽街へと向かう。べったりと黒いアスファルトにネオンの光がぎらぎらと落ちて、道の両側にひしめく店から音楽や宣伝が大音量で流れる。短いスカートの女性や、声かけをしてくる派手な髪色の男性の横を通り過ぎると、濃い香水の匂いがした。光、音、匂いが混然となって押し寄せてくる。

猥雑《わいざつ》な喧騒《けんそう》の中、スマホを片手に俯いたまま歩く。声をかけられても見ないようにした。そうでなくても、騒がしくてうまく言葉が聞き取れない。まるで花火の中にいるみたいだった。夜に浮かび、爆《は》ぜる街。しんと静かだった神社がすごく遠く思える。

近くでサラリーマン風の男性たちが大きな笑い声をあげて、心臓が跳ねた。会社を早退してこんなところに来ているのを誰かに見られたら。梶原部長の歪んだ笑みが脳裏をかすめて、すっとこめかみの辺りが冷たくなった。指先が震える。

真以だったら、と思う。恐れることなどないのだろうか。

ついさっきまで隣にいた、膝を抱えた姿がよぎる。わたしは間違うから、と言った、たんたんとした声。

違う。真以だって迷うし、揺れる。それでも、自分で動くと決めたなら、進むしかない。たとえ誰かに咎められても、そうするしかなかった自分は消せないし、起きてしまったことは受け入れるしかない。後悔しても、しなくても。だから、真以は必要以上には語ろうとしないのだ。あの事件の後、自分の身になにが起きたかも、お兄さんとの間になにがあったかも。

スプリングコートのポケットに手を入れる。真以がくれた平べったい陶器を握りしめる。アロマストーンというのだと教えてくれた。点字のようなぷつぷつした模様は、ウニの殻を模しているのだと真以は言った。ウニが死ぬと、棘《とげ》は抜け落ち、内臓は波に洗われ、丸い殻だけが残るそうだ。作品の説明をする彼女は少し恥ずかしそうで、見慣れないその顔をもっと見たいと思った。

胃に優しい粥を食べたり、ゆっくり茶を飲んだり、良い香りでリラックスしたり、そういう、自分の体の労わり方を、私は忘れていた。真以は言葉少なに、それに気づかせようとしてくれていた。でも、真以は、真以自身は、まだ過去に囚《とら》われている。

アロマストーンを握りしめたまま、息を吐いて角を曲がる。風俗店の立て看板があちこちにある道を抜け、もっと細い路地に入る。ひしめくように建つ、古い雑居ビルの中のひとつ。貼り紙だらけの狭いエレベーターは避けて、階段を使って上がる。

三階の、タトゥー屋の向かい。ネットに書かれていた住所を見直す。タトゥー屋の看板は同じだったが、目指してきたバーの名前は違っていた。ただ、赤いドアや黒い瓶の形の看板は画像で見たままだった。

真以と別れてすぐに「児玉健治」の名で検索した。「現在」とつけ加えると、すぐに、とある掲示板の書き込みにたどりついた。話題になった事件の犯人の行方を追っているサイトのようだった。お兄さんの情報は少なかった。それでも、ものの数分で働いている店までわかってしまう。画像は粗かったものの、小さい頃の真以の顔写真も載っていて、思わず目を逸らしてしまった。

児玉健治と真以の関係について邪推しているものもあった。面白半分に卑猥な言葉を並べた無責任な書き込みに嫌悪感と怒りがわいた。でも、他人の人生に土足で踏み込むようなサイトの情報を使って自分もここへきている。真以だって、嫌がるかもしれない。

そう思うと、赤いドアノブに手を伸ばせなくなった。

深く息を吸う。私はどうしても揺れる。迷う。ぐずぐずする。それでも、真以にまた出会えた。自分のことだけで窒息しそうな日々の中で、突き動かされるようにここにきた。

スマホを鞄にしまって、ドアを開けた。

カウンターだけの店だった。酒瓶の並ぶ赤い棚の前に立った大柄な男性が「いらっしゃいませ」と言った。薄暗くて表情はよく見えないけれど、記憶の中のお兄さんとは背の高さからして違う。

バーに行くにはまだ早い時間のせいか、客は奥に一人だけ。そろそろと入り、席を二つ空けて赤いスツールに座る。壁にハンガーがかかっていたが、コートを脱ぐよう促されもしなかった。中段の酒瓶のほとんどに手書きのラベルがかかっていた。メニューもない。常連中心の店のようで早くも居心地が悪くなる。

「なににします」とナッツとおかきの入った小皿が置かれる。お酒の名前なんて知らない。

「……ええと」

言いよどむ私に「好きな感じある？　ロング？　ショート？　お酒は飲めるほう？」と、くだけた口調で訊いてくる。

カウンターの店は少し苦手だ。カウンターの向こうの男性店員の中には若い女性客と見ると敬語がなくなる人が一定数いる。どうしてだろう。機嫌を損ねても勝てる相手だからか。一度、友人にそう言って「ネガティブだね」と笑われたことがある。「タメ口のほうが親しみやすくて女の子は喜ぶからでしょ」と。私は嬉しくない、と思ったが言えなかった。私は同性でも異性でも、初対面の人とは敬語で話したい。

「あ、甘めの柑橘系でお願いします。お酒はあまり強くないです」

「了解」と頷く顔を間近で見て、違う人だと確信する。男性は肩も腕もがっちりと筋肉質だった。シャツの胸元を不自然なくらいにひらいていて、胸毛が見え隠れしている。お兄さんはひょろりとしていた。身長も骨格も違う。なにより、この男性は私と変わらないくらいに見えた。今、お兄さんは四十代後半のはずだ。

拍子抜けしたような、ほっとしたような、気分だった。ずる、と鞄が肩から落ちる。

「カウンターの下にフックがあるから」と声をかけられ、しばらくして「どうぞ」と細長いグラスが置かれた。

「テキーラ・サンライズ。まだ夜ははじまったばかりだけどね」

オレンジの液体の底に赤が沈んでいる。グラデーションがきれいだった。朝焼けというよりは夕陽のようなカクテルだと思った。カーテンの外が音もなく青くなっていく朝は恐怖でしかない。会社に行かなくてはいけないから。

ひとくち飲む。甘くて美味《おい》しい。カチッとライターの音がして、隣から煙草のけむりが流れてくる。休憩所での梶原部長の言葉が蘇って、ぐっと胃が重くなる。早く飲んで帰ろう。

バーテンダーの男性はもう私には構わず、隣の客と談笑していた。無理して飲み干し「お会計をお願いします」と声をかけた。バーテンダーがこちらに戻ってくる。鞄から財布をだしながら、もうくることはないだろうなと思い、ふと訊くだけ訊いてみようという気持ちになった。

「あの、児玉健治さんという方をご存知ですか?」

その瞬間、バーテンダーの笑顔が消えた。いや、口元は笑んだままだったが、目からすっと温度が消えた。氷の膜が張ったように。

「お金はいいです」

奇妙に硬い笑顔のまま手を広げると、「その代わり、二度とこないで」と言った。ぎゅっと口角に力がこもるのがわかった。「どこの週刊誌か知らないけど」

ただの拒絶じゃない。怒りだった。重低音のような怒りが彼の全身から放たれていた。財布から千円札をだしかけたまま動けなくなる。

「あ、ちが……ごめんなさい……」

そう言うのがやっとだった。ひゅっと喉が鳴る。息が、うまく、できない。立ちあがろうとして、鞄を落としてしまう。慌てて床にしゃがむ。早く、早く拾わないと怒鳴られるかもしれない。怖い。

「もしかして、おにぎりくれた子?」

場違いな、のんびりとした声が降ってきた。「けんちゃん!」バーテンダーが抑えた声で制止しようとしたが、「ごめんね、君の名前を忘れちゃった」と続ける。この、緊張感のない軽い口調。

「お兄さん……ですか?」

顔をあげる。カウンターに座った男性が見下ろしていた。傷んだ茶髪を店内の照明が赤く染めている。顎はたるみ、年相応の肉が体のあちこちについていたが、ヤモリのような丸っこい目に面影があった。

「もうおじさんだけどね。見ればわかるか」

へらっと男性が笑った。彼は日に焼けた丸坊主の若い男性ではない。白い灯台はここにはない。なのに、崖の向こうの海がぎらっと光ったような気がして、一瞬、眩暈を覚えた。

「児玉健治さん」

「そう。でも、お兄さんのほうがいいな」

「けんちゃん……」とバーテンダーが心配そうに私たちを見た。ふと、どういう関係なのだろうと思った。齢も離れているし、常連とか友人とかよりもっと近い距離を感じた。

「昔、世話になった子だよ」

お兄さんはちょっと顔を傾け、新しい煙草に火を点けながら呟くように言った。煙を吐いて、ぼんやりと視線をさまよわす。初めて会った時も、どこか他人事《ひとごと》みたいなふやふやとした顔をしていて、脱獄して逃げ続けている人には見えなかった。

だから、私はついおにぎりをあげてしまったのだ。あれがきっかけだった。

「お礼に奢《おご》るよ。一杯だけね」

私の返事も待たずに「みきおくん、お願い」とバーテンダーに手を合わす。バーテンダーは小さく溜息をついてカウンターの中を移動すると、ドアを薄く開けて内側にかかっていたプレートを外にだした。カチンと鍵のかかる音が冷たく響く。

「座んなよ」

もとの椅子に拾った鞄を置くと、ひとつ席を詰めて座った。はい、と言ったつもりの声は喉の奥で潰《つぶ》れて消えた。

「ネットの掲示板で見たの？　あれ、ちょっと間違ってるんだよね。ここは彼の店」と、お兄さんはバーテンダーに目を遣る。穏やかな顔だったが、わざとそう見せようとしている気もした。「まあ、俺もときどき立っているけど」

「いえ、真以に聞きました」

真以は私に店の場所までは話していない。なぜか、嘘を言った。

「へえ」と、お兄さんは意外そうな顔をした。「まだ仲良いんだ」

返事はしなかった。沈黙が流れる。バーテンダーはわざとらしくグラスを磨いている。私の前には、お兄さんと同じロックのウイスキーが置かれている。嫌がらせなのか。こんな強いお酒は飲めない。氷が溶けるのを待っていると、お兄さんは何本目かわからない煙草を吸いはじめた。

「煙草、吸われたんですね」

「覚えてないの？　君、家からくすねてきてくれたじゃない」

そう言われ、祖父の煙草の紙箱から見つからないように一、二本抜きだした記憶が蘇る。子供にそんなことをさせていたのか。いや、私たちがすすんでしていたのだ。こっそり野良猫に餌を運ぶように、無責任な親切心と秘密の興奮を抱えて。いつも威張っている祖父から煙草を盗むのは、小さな反抗をしているようでドキドキしたことだろう。お兄さんの存在は単調な島の日々での刺激だった。あの嵐の晩までは。

「なにか訊きたいことがあるんじゃないの」

お兄さんが煙を吐く。

「どうして、真以にあんなことを言ったんですか」

首を傾げられる。大げさに見ひらいた目にからかわれているような気分になる。

「よく顔をだせる、とか、おこがましい、とか……」

声が小さくなっていく。うまく、言えない。衝動的にここにきてしまい、なにも頭では整理できていなかったことに気づく。

「……真以はあなたを逃がそうとしたのに」

「うーん、ちょっと見えている景色が違うかな」

驚いて顔をあげる。お兄さんは口の端に笑みを浮かべながら頭を掻いた。

「利害が一致したんだよ。俺のためだけじゃない」

「利害って……。真以は、自分になんの利がなくても人を助ける人間ですよ」

声が震えた。お兄さんはふっと笑った。

「えー、そうかな？　本当にそう思ってる？　俺からしたら誰よりも逃げたがっているように見えたけどね」

なにからですか。わかっていたのに訊いた。

「あの島」と、予期していた答えは容赦なく返ってきた。私だけが知っていると思っていた真以の想い。でも、私だって、逃げたかった。真以と一緒にあの島から。

つぶやいてしまっていたようだった。

「君はそうは見えなかったよ。不満はあっても周りの期待を裏切らず、なんだかんだ我慢して生きていく、そういうタイプに見えたけど」

なんでもない口調だったけれど、冷たい金属の針のように私を貫いた。真以に言われたような気がした。幼い頃の真以が私をそう見ていたように思えた。

「あの島ってさ、ずいぶん昔、江戸時代とかかな、夜伽《よとぎ》の島って呼ばれていたことがあったらしいよ。元宿の古い屋敷がいっぱいあったでしょ。その中に女郎屋もあってね、汐待ちで船が泊まっている間、女を買える仕組みになっていた。そんな過去は島の歴史としては残らない。そういう女たちもいなかったことにされる。名前も顔もない女たちはひっそりと島から消えていく。でも、あの子の先祖は島に残った夜の女なんだって」

初めて聞く話だった。

「おばあちゃんもなんかそういう職業の人だったらしいよ。君、知らなかったでしょ」

なにも言えず頷く。

「でも、君以外のみんな知っていた。あの島の人間はね」

真以をからかう男の子たち、ひそひそ噂をする女の子たちを思いだす。子供だけじゃない、大人だって真以を異質なものとして見ていた。

「君とあの子じゃ抱えるものが違う。あの子が逃げたかったのは島からというより、女から」

「女」

愕然《がくぜん》としながらも、奇妙に腑に落ちていた。あの島で彼女を彼女として見る者はほとんどいなかった。遠巻きにして彼女の噂話をする人たちは、彼女の後ろに「女」を見ていた。それは彼女の母親の踊り子という職業によるせいでもあったし、そのまた母親の境遇によるものでもあったのだ。

ただ血が繋がっているというだけで染みのようにまとわりつく偏見を、子供の私はまだよくわかっていなかった。でも、今ならわかる。

真以の、けして島の言葉に染まらない標準語は、島とひとつづきになった偏見を断ち切りたいという意志の表れだった。彼女の、体のラインを隠す大きすぎる服も、ぶっきらぼうな口調も、性別を固定しない黒色を選ぶのも、人が自分を透かして見る「女」を消そうとしたからだったのかもしれない。

ストリップ劇場で母親の踊る姿をじっと見つめていた彼女の横顔を思いだした。

本当は気づいていた。真以がここではないどこかを希求していたのを。でも、言わなかった。口にしてしまったが最後、彼女は舫綱《もやいづな》をほどくように離れていってしまう気がしていたから。

「そんなにショックを受けることはないよ。なにも知らない君があの子にとっては救いだったんだろうし。まあ、それも時間の問題だと思っていただろうけどね。島に居続ければ、いつか知ることになるんだし」

か細い悲鳴みたいな音がした。目の前のグラスにはいつの間にか水滴が浮いていた。氷が崩れ、中に沈んだ琥珀《こはく》色の液体にもやが広がっていた。手を伸ばし飲む。喉を焼くアルコールの熱さがいっそありがたいくらい、頭も体も凍りついていた。

「だから、俺、言ったんだ。君はどうしたって女で、いつか逃げられなくなるって」

「それって……」

「そうだよ、利用したんだよ。でも、あの子も知っていたと思うよ」

「まだ中学生だったんですよ。子供の弱みにつけ込んだんですか」

グラスを両手で摑んで言った。混乱と怒りがぐるぐるしている。強いお酒のせいで脈が速くなって、頭の芯がじくじくと疼《うず》く。内臓が熱い。

「子供だったから、だよ。君はもう大人で、ちゃんと働いているよね。だったら、わかるんじゃない。今の環境とか、人間関係とか、そうそう捨てられないでしょ。俺だって、こうやって居場所がばれても離れられない。でも、子供は違う。大の大人は自分のためにも、誰かのためにも、そうそう動けるもんじゃない。でも、子供は違う。特に、あの子みたいな子は。俺はあの子の行動力を、あの子は俺を逃がすっていう大義名分を手に入れて島を出た。まあ、どう思われてもいいけどね、もう罪は償ったし」

億劫《おっくう》そうに肩をまわして、また煙草に火を点ける。長く煙を吐いて、目を細めて私を見る。気が済んだか、とでも言うように。

「大義名分」

繰り返して、なんて真以に似合わない言葉だろうと思う。

そっとコートのポケットに片手を入れた。ざらりと乾いたアロマストーンに触れる。波に洗われたような無機質な白さが指先から伝わってくるようだった。

「じゃあ、なぜ、真以とすぐに別れなかったんですか」

へらっとお兄さんが笑う。

「行動力なんて、島にやってきた時点であなたは持っていたはずです。本当に逃げたければ、一人でだって逃げられた。真以を利用しなくては島から脱出できなかったとしても、ずっと一緒にいる必要はなかった。誘拐犯とみなされるリスクを冒してまで、どうして行動を共にしたんです」

恐らく、お兄さんは嘘をついてはいない。でもなにかを隠している気がした。それはきっと昔からだ。へらへらと笑いながら、人がなにを抱えていて、なにに傷つくか、よく見ている。私の知らない真以の背景を突きつけて、私を混乱させようとしている。

長い時間に思えた。バーテンダーがグラスを拭く手を止めて、こちらをちらりと見た。

「なんでだろうねえ」

やがて、お兄さんがぼそりと言った。

「どっかで絶望した顔を見たかったのかもしれないなあ。戻るっていうあの子を俺、引き止めたんだよね。なんでだろうな。別に信じてくれなくてもいいけど、本当になにもしていない。触ってもいない。でも、手放せなかった。頼んだら拍子抜けするくらいあっさりとついてきてくれたからさ。ただ、わかんなかったんだよな、どこへ向かえばいいのか。あの子は俺が行きたい場所に辿り着いたら、島に帰るつもりだった。だったら、取り返しのつかないところまで連れていけば、泣いて後悔する顔を見れるんじゃないかと思ったよ」

海を眺めながら、脱獄の目的はもう果たしたと、最後に友達に会いたかったのだと、お兄さんが言っていたことを思いだした。その話をした次の日は、きまってむっつりと塞《ふさ》ぎ込んでいたことも。

「それはあなたがなにかを失ったからですか?」

お兄さんは答えない。指の間の煙草から細いけむりがたっているが、吸おうとはしない。

「真以は本当に逃げようと思ったら一人で逃げます。そういう人間です。子供ながらに本気であなたを助けようとしたんだと思います。でも、きっとあなたは人の善意が信じられない」

私がそうだった。絶望しているほうが楽だった。父親の弱さや卑怯《ひきょう》さを憎みながら、人間の悪い部分を見つけては安心していた。真以という存在がそばにいながら、どこかでいつか彼女を失う悲観的な覚悟をしていた。だから、裏切られたと思い込み、こんなにも長い間、確認することすらしなかった。

でも、違った。真以はきっと私を裏切るつもりはなかった。この人を助けようとしただけだ。

平蔵さんが言った通りだった。

「あなたは真以が怖くなったんですよ。彼女の優しさや強さが。自分の知らないものだったから。あなたの言う通りです、真以と私の見えている景色が違うように、あなたと真以も違う。真以が純粋な善意からあなたを逃がそうとしたと思わないほうが楽なんですね」

お兄さんは黙っていた。煙草の先で白くなった灰が音もなく落ちた。

「けんちゃんはね、恋人を失ったんだよ」

バーテンダーの低い声がした。

「小さい女の子になんか手をだすわけがない。この人の恋人は男だったんだから。病気でもう長くないって知って、脱獄してまで会いに行ったら家族がいたの。だから、友達のふりして見舞って、それが最後になった。そうだよね」

カウンターにがっちりした身を乗りだす。お兄さんはなにも言わない。黙ったまま煙草をぎゅっと灰皿に押しつけた。

「まあ」とゆっくり口をひらく。「昔のことだから。もう、いいんじゃない」

笑おうとした口は不自然に歪められていた。向き合いたくないのだと思った。大切な人を失った苦しみのさなか、子供の私たちはこの人の目にどんな風に映ったのだろう。その感情が蘇らないよう、これからも逃げ続けるのだろうか。

バーテンダーと目が合った。もう怒りはなく、ただ帰って欲しいという懇願があった。こんな風に心配してくれる人がいるのに、この人は自分の気持ちに蓋をし続けるのだろうか。でも、私も同じかもしれない。

グラスの中のお酒をひと息に飲んで席をたつ。溶けた氷で薄まっていても私には充分すぎるくらい濃かった。

「ごちそうさまでした」

頭を下げて背を向けると、「そういえば」とお兄さんが言った。

「どうしてあの子が波佐見を離れたか知ってる？　熱心に追ってくる記者がいるみたいだよ。あの子が認めないから」

「なにをですか」

「誘拐じゃないって、自分の意志で一緒に逃げたんだって言い続けていたから。そう思い込まされているんです、カウンセリングを受けましょう、あなたの体験で救われる人がいるから本にしましょうってさ、言われているみたいだよ。被害者でいて欲しいんだよ、世間は。俺もそう思ってる。素直に謝りにこられたってさ、正直しんどいんだよね。憎んでくれたほうがいいよ」

最後はよく聞き取れなかった。お兄さんはバーテンダーにお代わりを頼んで、私に片手を振った。「お邪魔しました」と、もう一度礼をして、もう振り返らずに店を出た。

蛍光灯の点滅する階段を下りる。お兄さんは真以の名を一度も口にしなかった。私の名も訊こうともしなかった。忘れたいのだろう。そして、自分を心配してくれる人のいるあの場所に留まりたいのだ。

もうここにはこない。お兄さんに会うことは二度とないだろう。

どうか幸せに、と思った。労わりや優しさからではなく、自分が不幸な時に無関係で弱そうな誰かを道連れにしようとする人間にはなりたくなかったから。

駅に向かう歓楽街はぎらぎらした輝きを増していて、不思議な浮遊感を覚えた。手の中のアロマストーンだけが確かな静けさを保っていた。

青みがかった早朝の光で目をあけると、玄関を入ってすぐの床に横たわっていた。カーテンが開けっ放しで、片方の足は靴を履いたままだった。

あちこち痺《しび》れた体をむりやり起こすと、こめかみがずきずきと痛んだ。昨夜のお酒のせいだろう。帰りの電車で酔いがまわり、車内がぐにゃぐにゃと歪み、体をまっすぐにしているのも難しくなった。駅を出てタクシーを拾ったものの、降りた記憶が断片的にしかない。心配になって鞄を見ると、財布の口が開いて小銭やカードなんかがこぼれだしていた。吐き気が込みあげて、四つん這いでトイレに入ったが、えずいてもなにもでない。

駄目だ、と思った。梶原部長の嫌がらせに耐えられるような体調じゃない。まだ早いので、今から急いで身支度を整えれば始業には間に合うが、トイレから出るだけでも冷や汗でびっしょりだ。廊下に転がる鞄を拾うこともできずに、ベッドに倒れる。

カーテンをひいていない窓から射し込む朝日が青から透明に変わっていく。

じっと動けずに体の痛みに堪えていると、頬に落ちる陽光がだんだんと暖かくなるのを感じた。じわっと視界がぼやけ、ぬるい涙がつたった。枕カバーが濡れていく。泣いているのに、前にシーツを洗ったのはいつだろうと関係ないことを考えてしまう。頭はここ最近起きたことをうまく整理できず、会社が気がかりなのに動くこともできず、目だけが勝手にたらたらと涙を流していた。

起きあがれない。どんどん時間が経っていく。いっそ救急車を呼んでしまおうか。そうしたら黙って会社を休んだことを咎められないかもしれない。

ふっと真以の横顔がよぎる。駄目だ、しっかりしないと。今日だけ休みをもらって、明日からがんばろう。自分の力で。

這うようにして廊下へ戻ると、鞄からスマホをだした。自分に迷う暇を与えないように、急いで会社にかけた。いつも遅く出社する梶原部長はまだ来ていない時間のはずだ。

数回のコール音ののち、「はい、販売促進部です」と男性の声がして心臓が跳ねる。すぐに長野くんだと気づき、安堵の息がもれた。よく考えれば、梶原部長は滅多に電話を取らない。

「おはようございます、松戸です」

表情の読めない声を聞いて、早いなと思う。思い返してみれば、長野くんは私が出社する時は既に自分のデスクにいることがほとんどだ。でも、こんな時間にいるとは。電話の向こうは静かだった。まだ誰も来ていないのだろう。

「申し訳ありません、ちょっと体調が悪いので休ませてください」

「くださいって、具合悪いから休みますでいいんじゃないっすか」

素っ気ない口調だった。そうか、判断を委ねられても困るということか。腹に力を入れて「休みます」と言い切る。「問い合わせなどありましたら、メールしておいてもらっていいですか。お昼過ぎにはチェックできるかと……」

「体調悪いんだから休んでたらいいんですよ」

遮られる。顔が見えないと怒っているように感じてしまう。どう返せばいいものか悩んでいると、「風邪っすか?」と訊かれた。

「たぶん」と言い澱《よど》む。さっき泣いていたせいで鼻声になっているのだろう。

「ちゃんと病院で診断書もらったほうがいいですよ。ストレスかもしれないですし」

え、と声がもれてしまう。

「や、風邪だと……」

「違いますよね。松戸さん、しょっちゅう胃を押さえてますよ。痛むんですよね」

はっとお腹に当てていた手を離す。見えていないのに。

「なんとなく、で休んでしまうと来られなくなりますよ。明日もなんとなく調子が悪くなるかもしれない。そしたら、明後日も動けなくなる。そうなったらずるずるです」

「長野くん？」

思わず訊き返す。いつもの軽薄そうな若者言葉じゃなくなっている。

「追い詰められて休職したって、迷惑がられるのも異動させられるのも松戸さんですよ」

「私は……」

「嫌がらせをしている側にはなんの痛手もない。悔しくないですか」

こめかみを揉む。暗に梶原部長のことを言っているのだろうけど、意図が読めなかった。今まで、気がつかないような顔をしていたのに、どうして。のろのろと移動してベッドに腰かける。喉の渇きを覚えたが、冷蔵庫まで行くのが億劫だった。

「僕の勘違いですかね」

長野くんが溜息をついた。梶原部長の私への言動は理不尽だと思う。でも、自意識過剰と言われてしまえば反論できない気もしていた。急に言われて戸惑ってはいたが、周囲から見ても嫌がらせに見えていたことがわかり、少しほっとした気持ちもあった。

「ありがとう、でも大丈夫だから」

そう言って電話を切ろうとすると、「動画、持っていますよ」と長野くんが言った。

「なんの？」

「部長が松戸さんに絡んだり、圧をかけたり、無視したりしているところのですよ」

一瞬、どういうことかわからなくなる。

「撮ってたの？」

「はい」と涼しい声が返ってくる。「僕の席、松戸さんの向かいですからね」

「どうして」

「映像があれば動かぬ証拠になるので」

「それを人事に提出しろってこと？」

数秒のち、「ぬるいですよ」と呆れたような声がした。

「そんなの、社内の処分で終わりじゃないですか。うちの役員、男性ばっかりなの知ってますよね。庇《かば》い合いますよ。その後はもっと嫌がらせが巧妙になっていくだけ。こういうのはネットに流すんです。社会的に死にますよ」

血の気がひいた。顔が見えないから冗談かどうかもわからない。そもそも、私と長野くんは冗談を言い合うような間柄じゃない。

「それは犯罪じゃないですか」

頭の中には、お兄さんの情報が書かれたネット掲示板があった。ネットスラングだらけの、嘲りに満ちた画面。

沈黙が流れた。

ややあって「そうやって」と声がした。

「なにもせず、ひたすら我慢して、部署替えを待つんですか。耐えていれば、いつか終わるって思ってませんか？　違いますよ。ターゲットが変わるだけです。次は誰が松戸さんの代わりになるんですかね。松戸さんが慕っている牧さんだって産休になったのをいいことに逃げたじゃないですか。心配してくれたり愚痴を聞いてくれたりしても、それだけ。自分が我慢すればいいいって一見優しいようで、後の人のことをなにも考えていないですよね」

なんで、なんで、と頭で自分の声がまわる。なんで、こんなことを言われなきゃいけないのだろう。なんの被害も受けていない人に。梶尾部長に目をつけられない、男の、くせに。

長野くんの背後で誰かの声がした。「おはようございまーす」と間延びした声で答えると、「はい、わかりました。お大事に」と長野くんは別人のように言った。いや、元に戻った。さっきまでが別人だった。

音声が途絶える。ツーツーと単調な音が耳元で響くのを呆然と聞いていた。

5

スマホを片手に持ったままフローリングの床に座り込んでいた。通話でやや熱を帯びていた薄い電子機器は黒く静まり、もうなんの温度も感じない。

カーテンを開けたままの部屋はどんどん明るくなっていくのに、体はちっとも暖まらない。それどころか、床に接した尻から腰、背骨へと冷えが這いあがってくる。でも、動けない。エアコンをつければいいのに。リモコンは目の前のローテーブルにあるのに。少し腕をあげれば届くのに、手を伸ばせない。午前のふんだんな自然光の中で、ローテーブルの端にうっすら埃が積もっているのがよく見えた。ポストからひっぱりだして重ねただけのチラシやDMの束、胃薬の箱、ポーチからあふれた化粧品、マグカップの底には茶色い染みがついていて、いつ、なにを飲んだのかも思いだせない。

長野くんの言葉が頭の中をぐるぐるとまわっている。

私と梶原部長のやりとりを撮っていると彼は言った。「動かぬ証拠」だと。

証拠。なんの証拠だろう。わかっている。嫌がらせの証拠だ。いや、違う、そんな言葉じゃない。わかっているのに、頭と体が逃げている。絡んだり、圧をかけたり、無視したり。長野くんの言葉を反すうする。

撮っただけで証拠になるというのは、嫌がらせであることは誰が見ても一目瞭然《りょうぜん》ということだ。それなのに、梶原部長をたしなめたり止めたりする人はいなかった。休憩所での会話を聞くまで、私は自分の仕事の仕方に問題があるのだと思っていた。もしくは、SNSをやっていたことで梶原部長のなにかを刺激してしまったのだと。

でも、違った。ちょっと鼻につく「女」の部下なら誰でも良かった。そして、あからさまに嫌がらせを受けている自分を、部署の誰も助けてくれなかったのだ。毎日、毎日、私は生贄だった。梶原部長の標的として、私はみんなから距離を置かれていた。まだ自分の勘違いのほうがましだった。長野くんの口調からも労わりは伝わってこなかった。突き放すような硬い彼の声の底には、怒りに似たどろりとこごった感情がある気がした。

梶原部長へ向けた怒りだけではない。くもりのない正義感とは違う、暗い憤りを感じた。なにもせず耐えるだけの私に腹をたてているのだろうか。

私の愚鈍さに呆れ、苛ついているのだろうか。

でも、私は梶原部長に報復したいわけじゃない。嫌がらせを受ける自分の姿と共にネットに晒《さら》したいとは思わない。ただ、普通に接してもらいたいだけだ。普通に仕事をしたい。けど、普通ってなんだろう。長野くんのやり方が普通なのだろうか。もう、わからない。

突然、インターホンが鳴った。

音の塊が降ってきたように感じた。飛びあがり、膝を抱えて息を殺す。

もう一度、インターホンが鳴る。

そろそろと音をたてないように床を這い、開きっぱなしのカーテンに手を伸ばした。見られているのかもしれない。でも、いまカーテンをひいたら、部屋にいることがわかってしまう。はっと手を引っ込める。心臓がばくばくして口から飛びでそうだ。どうしよう、どうしたらいい。梶原部長だろうか。昨日の服のままだ。二日酔いのこんな姿を見られたら、仮病だと責められる。いや、居留守を使うほうがサボっていると思われるかもしれない。どうしよう。怖い。

日光を避けるように部屋の暗いほうへと移動していく。廊下の冷たい床に手と膝が触れる。ふっと、影が視界をかすめた気がして見ると、姿見の中の自分と目が合った。

首を縮め、四つん這いで、逃げようとしている青白い女。皺だらけのスカート、シャツの裾はだらしなく下がっていて、髪はぐちゃぐちゃだ。

ぎょっとして、髪に手をやる。撫でつけ、ほつれを直す。マスカラなのか、くまなのか、目の下がどんよりと黒い。

鏡を見つめているうちに、ゆっくりと心臓の音が鎮まっていった。

ありえない、と思う。この部屋は五階だ、外から見えるわけがない。もし、梶原部長が私の家までやってきて叱責《しっせき》したとしたら、異常だ。そんなことが起きたらおかしいし、おかしいと思わなければいけない。

なのに、私の頭と体は起きる前から異常な事態を想像し、受け入れてしまっている。梶原部長に怯えるあまり、私はおかしくなっている。

ようやく、気づいた。私はハラスメントを受けているのだ。心身ともに脅かされている。私は自分が理不尽に加害されている人間なのだと、認めたくなかった。でも、鏡に映る、怯えて逃げようとしている女はまさしく弱い被害者の姿だった。

手のひらに鈍い振動を感じた。片手にスマホを握りしめたままだった。

——体調はどう?

画面に浮きあがったメッセージは真以からだった。

反射的に、電話をかけていた。呼びだし音を聞きながら、作品展をする時にDMを送りたいから、と言われ住所を教えたことを思いだす。

「はい」

しんとした、低めの声が聞こえた。

「真以、いまさっき、うちのマンションきてた?」

一瞬、真以が口をつぐんだ気配がした。横断歩道の電子音が後ろで響く。

「会社、休んでる気がして。体調悪そうだったし」

ぎこちない声に、闇に散る桜が浮かぶ。膝を抱えて座る真以の姿がよぎった。

「真以、私」

迷う。それでも、真以にだけは隠し事はしたくなかった。

「児玉健治に会ってきたよ」

「そう」と、静かに真以は言った。それ以上なにも言わない。責めも訊きもしない。そういう人だと知っている。

「真以のせいじゃない」

横断歩道の電子音が消え、車が行き交う気配が流れてくる。真以は動いていない。いかないで、と思う。もう一度、「真以のせいじゃない」と言った。

「私はそう思う。私にとって真以は光だったよ。ずっと、誰よりきれいだった。真以がいてくれて良かった。いまだってそう。なにも変わらない」

やっぱり返事はない。でも、電話は切れない。

「真以、ごめん。私、ずっと裏切られたと思っていた。信じきれなかった。真以が島から逃げだしたい気持ちに、気づいてあげられなかった。違う、気づいていたのに、気づかないふりをしていた。私が一緒に逃げれば良かったのに。私は自分のことばっかりで……ごめん」

言いながらわけがわからなくなってきて、ひたすら「ごめん」を繰り返した。

「わたしは……」

しばらくたって、躊躇いがちに真以が言った。

「葉のそばにいていいのかな」

「まだ近くにいるの？　どこ？」

ベランダに駆け寄っていた。眩しさに目を細めながらガラス戸を開く。砂のような匂いのするひやりとした風がカーテンをふくらませた。真以の顔を見たい。灰色の通りを探す。電信柱の影に真以のすっとしたシルエットを重ねて声をあげかける。もう嫌な想像はしたくない。そんなものに絶望するより、灯のような期待を点したい。

「近くに、いるよ」

真以の確かな声が耳に届いた。そっちにいく、と口にする前に「なにかいる?」と訊かれた。ああ、真以はこうやって当たり前のように手を差し伸べてくれる。なにも、と言う声が震え、視界がじわっとぼやけた。

「待ってて」

頷くと、見えているかのようにひと呼吸おいて、電話が切れた。スマホを胸に抱いて、深く息を吸った。


急いで着替えて、顔を洗った。ローテーブルの上を片付け、流しに放置していた食器を洗い、ゴミをまとめているとインターホンが鳴った。もう怖くはなかった。

しばらく掃除をしていない部屋を真以に見られるのは恥ずかしかったが、入ってもらうことにした。ドアがノックされる前に、急いで真以がくれたアロマストーンをベッド脇の小さなテーブルに置いた。

真以はなぜかおずおずと入ってきた。背を丸めてそっとドアを閉め、目を細めて室内を見まわす。用心深い猫みたいな仕草に笑いがもれて、汚い部屋を見られる恥ずかしさと緊張が和らいだ。

「ぐちゃぐちゃで呆れるでしょ」

「いいところに住んでいるんだなって思ったんだよ。具合悪いんだから、掃除とかいいよ」

「それが、ちょっと楽になったの。会社に休むって電話した後に」

ははは、と真以が軽く笑う。「じゃあ、これ食べられるかな」と片手に持ったビニール袋を掲げる。

「サンドイッチ、朝ごはんに買ったんだ」

そう言う真以の目はちょっと充血していた。髪も心なしかべったりしている。

「さっきまで工房にいて。帰る前にちょっと足を延ばしてみた。いっぱい買っちゃったから、葉が家にいて助かった」

「徹夜だったの？」

「よくあるよ」と微笑む真以の顔は眠そうだったが満足げに見えた。納得のいく作品ができたのだろうか。彼女の顔には、削られるような私の疲労とは違う、充足の疲れがあった。羨ましい。私もそういう仕事がしたい。梶原部長の嫌がらせに耐えるなんて仕事じゃない。

「布団、干そうかな……」

つぶやいていた。

「寝ないの？」

「うん、夜、寝る」

わかった、と真以は頷き、ベッドのシーツを剝《は》がすのを手伝ってくれた。洗濯機もまわす。

二人でマットレスをベランダにだす。真以は、ぱあん、と頼もしい音をたててマットレスを叩いた。「そんなに叩かなくていいんだよ」と声をかけると、「そうなんだ」と恥ずかしそうな顔をした。掛け布団を担いだままマットレスに寄りかかる。古い押入れのような黴っぽい匂いがした。どれくらい干していなかったのだろう。

しばらく黙って、空を見上げた。ほんの少し体を動かしただけで、さっきは冷たく感じた風が心地好いものに変わっていた。

「来てくれてありがとう」

つぶやくと、うんと真以が頷いた。また沈黙が流れる。

「真以、私、会社でハラスメントを受けている」

切れ長の目が私を見た。

「男性の上司から。私がなにかしたのかと思っていたけど、違う。たぶん、女だから。その人は女が意見を持ったり主張したりするのが嫌なんだと思う。でも、私は人なのに。人として仕事をしているのに。どうしたら女じゃなくて人として見てくれるんだろう。女だからってなんでこんな扱いを受けなきゃいけないのかな」

真以は私の目を見つめたまま、かすかに目尻を和らげた。労わるように。

「わたしもそう思っていたことがあった」

「え」

「あの島にいた頃」

飛沫混じりの潮風が吹いた気がした。高速船から白い波を見つめる横顔。真以の目は一瞬、青緑色の海を映して、すっと穏やかな表情になった。

「食べながら話そう」

そう言って真以は部屋に戻っていった。

床に毛布を敷いて、空っぽになったベッドに並んでもたれた。ソファを勧めたが、真以は服が汚れているから床に座ると言い張った。ポットにたっぷり紅茶を淹れ、一袋だけ残っていた賞味期限ぎりぎりのカップスープをお湯で溶いて半分こした。

真以が袋から取りだしたサンドイッチは驚くほど分厚かった。真以が「こっちもらってていい？」と、茶色い麺《めん》と赤い生姜が飛びだしたサンドイッチを手に取る。

「すごいね。なにそれ、焼きそば？」

「焼きそばってふつうコッペパンだよね。でも、それじゃちょっとしか入らないからって食パンで挟んでるんだって。すごい元気なおばあさん姉妹が二人でやってるサンドイッチの店で、品数は少ないんだけど働く人たちにお腹いっぱいになってもらいたいからって具が多いの。ハムカツも入ってるんだよ。そっちの卵サンドには白身魚のフライが入ってる」

「揚げものはマストなの？」

「うん」と真以が眉をハの字にして笑う。なんとかサンドイッチを潰そうとするが、具があふれでてくる。

「こぼすかもしれない」

「この毛布も洗うから気にせず汚して」

そう言うと、両手でぎゅっとサンドイッチを握って大きな口をあけて齧《かじ》りついた。もうひとくち。もくもくと咀嚼して、ごくりと紅茶を飲む。また齧りつく。空腹だったのだろう、真以は私がいることを忘れてしまったかのようにサンドイッチに集中した。それは見とれるくらい清々しい食欲だった。おにぎりを食べていた中学生の頃の横顔を思いだす。

「変わらないね、食べっぷり」

「徹夜するとお腹へらない？」

「どうかな……会社にいると吐き気がひどくて」

真以が私を見る。カップスープを飲むふりをして視線を逸らした。カサカサと袋を探る音がして、太腿に柔らかいものが置かれた。

「たまご蒸しパン。ここ、蒸しパンもおいしいから」

ラップにくるまれた優しい黄色の丸い塊があった。まだわずかに温かい。そっと両手で包む。手に力を込めたら簡単に潰れてしまいそうな柔らかさ。

「ありがとう」と言うと、真以はそれぞれのマグカップに紅茶を注ぎ足した。数口飲んで、息を吐く。

「戦後、日本に連合国軍用の特殊慰安施設があったの知ってる？」

「慰安……？」

思いがけない言葉に顔をあげる。真以は立膝に腕をのせて違うところを見ていた。

「目的は連合国軍兵士による一般女性への強姦《ごうかん》や性暴力を防ぐため。日本は敗戦国だったから。全国から五万を超える慰安婦たちが集められたんだって。東京だけでなく横浜《よこはま》、大阪、名古屋《なごや》、静岡、東北《とうほく》、熱海《あたみ》や箱根《はこね》とかの保養地、日本中のあちこちに施設が作られた」

ずっと、真以が紅茶をすする。新しいサンドイッチを手に取りかけて、やめる。

「一年も経たずにＧＨＱによって廃止されるんだけど、集められた女の人たちはどうなったと思う？」

首をふった。真以が質問のかたちで話すのはめずらしい。

「懇意になった兵士と結ばれて海外に渡った人もいたみたいだけれど、ほとんどがそのままその土地の風俗街に移ったり、パンパンになったりしたみたい」

「パンパン」

「街角に立って外国人兵士を相手にする売春婦。慰安婦の時と同じことをしているのに警察に追われる身になった。ただ、あまり史料がない。こういうことって消えていくから」

「消える？」

「なかったことにされる。当事者もなかったことにしたいのかもしれない。でも、制度が廃止されても、彼女たちに戻る場所はなかったんじゃないかなって思う。だって、彼女たちは集められた時点で『一般女性』ではなくなったから。体を売る女と売らない女の間に明確に線が引かれた。『慰安婦』になった事情はどうあれ、異国の男に身を売った女なのだから」

「真以？」

「わたしのばあちゃんは特殊慰安施設にいたんだって」

すっと、部屋の、いや真以の周りの温度が下がったような気がした。自分がどんな顔をしているのか不安になる。真以が傷つくような表情を浮かべてないだろうか。

「そう……なんだ」

やっと、そう言った。お兄さんから聞いた話だったが、真以の口から具体的に語られると、うまく頭が働かなくなった。

「わたしが生まれる前に死んじゃって、じいちゃんは詳しくは教えてくれなかったけど、たぶん呉の施設にいたんだと思う。島に戻ってきたけれど、やっぱり居づらかったのかな、身投げしたところをじいちゃんが助けたらしい。慰安婦がなにかを知ったわたしに、じいちゃんは、ばあちゃんはみんなのために人喰《く》い亀に身を差しだした姫神さまの生まれかわりだったんだよって話してくれた」

平蔵さんが話してくれたことを思いだした。誰かを助けたことがあるかと問うた私に見せた複雑な表情。助けただなんて「おこがましい」と彼は言ったのだ。彼は真以の祖母をなにから助けようとしたのだろうか。

「真以はどうして知ったの」

「耳に入ってきた。島の人はみんな知ってたから、葉以外は」

言葉を失う。

——あの家の女じゃけえのう。

――娼婦《しょうふ》の血じゃけえ。

島の男たちが集まって話していた嫌な響きの言葉たちに、ぞっとするような意味がつけ加えられていく。子供だった真以になんてことを。男の子たちの嘲り、ひそひそと差別する女の子たち、憐れみつつも距離をとる女たち。昔の真以に向けられていた視線が残酷さを増して蘇る。真以の母親の職業のせいだけではなかった。そのまた母親の頃から、真以が生まれるずっと前から、根深い偏見と侮蔑《ぶべつ》があったのだ。

「わたしはずっと自分が女であることが嫌だった。そう見られないようにしていた。女に生まれて損だと思っていたし、悔しかった。女から逃げたくて、わざと粗暴に振る舞ったりした。葉の言う通り、逃げたい気持ちはずっとあったよ。でも」

真以が私を見る。凪いだ海みたいに穏やかな顔だった。昔と同じ、切れ長の黒い目は、年を重ねた分だけ深い色を宿しているように思えた。

「別に逃げなくても良かった」

「え」

「わたしは葉が思っているほどまっすぐ生きてきたわけじゃないよ。あの事件の後は馬鹿なこともした。家出をして、変なバイトをしたこともある」

ぽつりぽつりと真以が語る。

「人の目を変えるのは難しい。みんな、見たいように見る。児玉健治とのことでもよくわかった。わたしと彼が思う真実も違うみたいだ。逃げるってことは、自分じゃない人間の見方を拒絶しているようで、受け入れてしまっている。逃げて選んだものは選ばせられたものだから」

話しながら手をひろげた。右、そして、左。真以は手のひらを上に向けて、じっと見つめている。

「波佐見にはじいちゃんの友達がいて、じいちゃんが死んだあと呼んでくれた」

訊けずにいたが、やはりもう平蔵さんはこの世にいないのか。でも、なんとなく、そんな気がしていた。なぜか、海にぽつんと浮かぶ島のひとつに彼がなったような気がした。

「手を動かすのはいい」と真以が微笑む。

「手でなにかを作るっていうのは、ひとつひとつの工程を順番に進めなきゃいけなくて、ひとつも飛ばすことはできない。逃げることはできないんだってわかる。手を動かして、自分がきれいだと思うかたちを作っているときは、逃げて選んでいるかたちはひとつもない」

数秒、口をつぐむ。

「頭の中で、島にいく。香口じゃなくて、じいちゃんと暮らしていた亀島に。島で一人きりになって、人の目を気にせず、美しいと思ったものに手を伸ばす。海に囲まれた、どこにも繋がってない場所で、自分だけの声を聞く。島へやってくる人は、誰かの目に晒されない自分を見つめたいのかもしれない」

真以の手がなにかをなぞっていた。

「わたしの作品を見て、誰かが『女らしい』と言ったとしても、それについてわたしはもう肯定も否定もしない。その人の見ている世界はわたしの世界とは関係ないから」

自分の手を見つめたまま軽く拳を握る。

「偏見や悪意には抗《あらが》うけれど、そのためにわたしがわたしの性別を拒絶することは違う」

昔と似た体のラインを隠す服を着ていても、それを選ぶ真以の意識は変わっていた。真以がくれたアロマストーンが目に入る。陽光を静かに吸い込む陶器の白さは、彼女のしんと強い魂を表しているように見えた。また真以が遠くに行ってしまった気分になる。

私は梶原部長の嫌がらせを拒絶することも無視することも笑い流すこともできない。どう捉えて、どう対処したらいいのか、答えがみつからないままだ。

「闘わなきゃいけないのかな……なんで、私なんだろ……」

つぶやいた瞬間、小さい頃の真以の姿が浮かんだ。ずっと真以だってそう思ってきたはずだ。なぜ自分だけがことさらに性別を意識させられるのか。なぜ、自分が知らない祖母のことで噂されるのか。なんで、自分ばっかり闘わなくてはいけないのか。どうして誰も助けてくれないのか。つらい、苦しい。泣き叫びたいような怒りと呑み込まれそうな絶望。

はっと真以を見る。真以はぽんと私の背中に手をおいた。

「闘わなくていいよ」

「でも、私が声をあげなきゃ他の人がされるって言われた」

真以の眉間に皺が寄る。

「闘えなんて、誰かに言うのも暴力だよ。聞かなくていい。女性の代表になんてならなくていい。どうにかしようと思わなくていい。自分を変えようとしなくていいよ、間違っているのはい相手なんだから」

「じゃあ、どうしたら……」

「葉は葉のやり方で、生きて」

食べよう、というように真以がサンドイッチを取った。仕方なく、私も手の中のたまご蒸しパンのラップを剝ぐ。底に張りついた半透明の紙をめくり、ちぎって口に入れる。空気をふくんだ甘い生地を嚙む。ふしふしと容易《たやす》く潰れて消えていく。鼻を近付けると、湿り気を帯びた小動物みたいな匂いがした。ふふ、と笑う。

「どうしたの」

「こういうの、ひさしぶりに食べたなあって。なんだか、優しさしかない食べ物だね。食べられちゃうな」

「良かった」と真以は言った。手元のパンに目を落とす。

「葉がね、教えてくれたんだよ」

「え」

「わたしは母とはやっぱり合わないけど、葉は母が踊る姿をきれいって言ってくれた。葉が島にきて、私のまわりにもきれいなものがいっぱいあったんだって知った。葉はわたしのことも、母のことも、そのままの姿を見てくれた。見ようとしてくれた。闘わなくたって、葉の言葉に救われる人だっているんだよ。だから、食べて」

涙がでそうになって、泡のような食感のパンを口に運ぶ。感情なのかパンなのかわからない熱いものが喉に詰まって、胸をとんとん叩きながら紅茶で流す。息を吐いて、またちぎる。子供だましのような優しい優しいパンを少しずつ飲み込んでいく。

食べなきゃいけない。答えが見つからなくても、この先また嫌な思いをさせられるとしても、真以がくれた言葉で生きていけそうな気がした。

陽だまりの床は暖かく、食べ終えると私たちは互いにもたれかかって束の間うとうとした。穏やかな海をたゆたうような眠りだった。


次の日は出勤した。かなり早めに会社に着いたのに、長野くんはもうテイクアウトの飲み物を手に、向かいの席に座っていた。ナッツの芳ばしさが混じった甘いコーヒーの香りが流れてくる。

「おはようございまーす」とスマホをいじりながら言う。人がやってきたら口にする、条件反射だけの挨拶。昨日私が休んだことにも、電話で話したことにも触れない。ぎこちなく挨拶を返しても、なにもなかったような顔をしている。私と長野くんの机はパソコンのモニターで遮られ、間には資料や書類の垣根ができている。どこかにカメラでも仕込んでいるのだろうか。それとも、本当は撮っていないのか。

頭を切り替えて、昨日できなかった仕事を進める。溜《た》まったメールに返信して、ひきだしを開けると、違和感があった。「あれ」と声がもれる。かすかに顔をあげた長野くんに「誰か私の机で作業しました?」と訊く。「いや、ちょっとわかんないです。誰も使ってないと思いますけどね」と返ってきたが、ファイルの重ね方が違う気がする。戸惑っていると始業のベルが鳴り、梶原部長が入ってきた。かすかに煙草の臭いがした。

「松戸さん、体調どうなの」

すぐに声が飛んでくる。休憩所での会話が一瞬蘇ったが、「ご迷惑おかけしました」と頭を下げた。

「体調はどうなのって訊いてるんだけど」

「もう問題ありません。ご迷惑おかけしました」

「つわりとかだったらちゃんと言ってね。急に穴あけられても困るから。あ、でもまだ独身だったっけ」

言葉につまる。もし私が男性だったらこんなことを言われるだろうか。「独身です。ご迷惑おかけしました」と繰り返す。

その時、長野くんがスマホを自分のモニターに立てかけるのが目に入った。キーボードを叩きながらさりげなくスマホを横にずらす。カメラのレンズがモニターの裏から覗いた。撮っている。

「おい、ちょっと聞いてるー？」

梶原部長の大声に飛びあがる。まだなにか言っていたようだった。

「今回の『息抜きの一杯』のことなんだけど。なんであれなの」

牧さんから引き継いだインタビュー連載のことだった。ホームページで読める無料の記事で、梶原部長は特に興味を示していなかったはずなのに。

「あれって……金沢《かなざわ》の和紙職人さんです。彼女は工学部出身で建築デザイナーでもあって、経歴が面白いので……」

「もっと面白い人いたんじゃないの」

梶原部長が口の端を歪めて笑う。

「え……」

「面白いかな、あんな毒にも薬にもならない経歴。いいとこのお嬢さんが伝統工芸品をお洒落にデザインしているだけで、ありがち。みんな読んでもすぐ忘れるんじゃない。残んないよ。もっと強烈な経歴の子がいたじゃない」

立ちあがり、ゆっくりとした足取りでやってきて、「ほら」と私の手元に紙を放った。ばらばらと散らばる紙の一枚に真以の横顔が見えた。牧さんがまとめ、私がプリントアウトした波佐見焼の工房の資料。

呆然とした私の顔を見て、梶原部長が大袈裟《おおげさ》に肩をすくめる。

「ここにメモしてある桐生真以さん、検索したら誘拐事件の被害者だってでてきたけど。知ってた？」

「それは……」

「知ってたかって訊いてんの」

ガッと音がして机が揺れる。体がびくりと縮こまる。怯えた姿を見せたらつけあがらせるとわかっていても止められない。「ごめんごめん、足、ぶつかっちゃったね」わざとらしく梶原部長が笑みを浮かべる。

「松戸さんさあ、ほんと訊かれたことに答えないよね。その反抗的な態度、なんとかしてくれないかなあ、困るんだよね」

「……知ってました」

覗き込まれ、俯いて答える。休んでいる間に私のひきだしを漁ったのだ。なんて暇な人なのだろう。でも、そんなことを責めても火に油を注ぐだけだ。真以の情報はすぐにシュレッダーにかけるべきだった。ああ、眩暈がする。もう後悔しても遅い。私のせいだ。

「知ってたんだ。へえ、じゃあなんでこの子にインタビュー取らないの。瀬戸内の逃亡犯って、すごい有名な事件だよね、これ。壮絶な過去じゃない。中学生だったんでしょ、この子。絶対になんかされちゃってるよね。そういうトラウマを乗り越えて、陶芸に出会ったって話のほうが絶対面白いじゃない。閲覧数もあがるだろうし」

面白い。その言葉で、ぐらぐら揺れていた視界がぴたりと止まった。真以の人生は、真以のものだ。人を面白がらせるためにあるんじゃない。

「今回は仕方ないけど、次はこの子のインタビューね。松戸さんは文化的でお洒落なものが好きだから、こういうの品がないって思うのかもしれないけどさあ。それとも、同じ女性だから同情でもしちゃった？」

目の裏が真っ赤に染まった気がした。これは、怒りだ。同情？　真以に、私が？　私がどれだけ真以に焦がれたか。どんなにまっすぐで曇りない優しさをもらったか。彼女がどれだけの偏見と闘ってきたか。トラウマなんて言葉を面白半分に口にできるこの人間には想像することもできないだろう。同情なら、いま、している。あなたに。

「ちょっと、なに」

ひきつった梶原部長の顔が目の前にあった。私は立ちあがって彼を見つめていた。この人間はなんなのだろうと思った。この人をこんな風にさせるのは一体どういう感情なのか。

ふと、父の姿がよぎった。自分を誇示したいためだけに、機嫌で母を振りまわした父。

「『息抜きの一杯』は働く女性の仕事を紹介するコーナーです。彼女の過去は関係ありませんし、そういった基準で選ぶことはしません」

「はあ？　さっき工学部卒がなんたらとか言ってたでしょうが」

「それはご本人が公開している経歴やキャリアです。同じ女性だから、とおっしゃいましたが、梶原部長は同じ性別でなくては共感できないのでしょうか。私は人として、人の過去を暴くような仕事はしたくありません」

梶原部長がひきつった笑い声をあげる。目の下のたるんだ肉がひくひくと痙攣した。白眼が黄ばんでいる。よく見ると、彼の黒目はしじゅう落ち着きなく揺れていた。

「は？　なに言ってんの。人の言葉尻、捕まえて。なに、セクハラだって言いたいの。あー女性ってほんと面倒臭いよ」

「そうです、個人的な事柄に踏み込むのはハラスメントです。人を性別でくくるのも。される側の気持ちを想像したことありますか」

目を逸らさず言った。梶原部長の目が見ひらかれる。

自分のことなら我慢する。でも、これだけは絶対に看過できない。真以のことだけは守りたい。梶原部長、あなただって守りたい人がいるでしょう。もし、あなたの大切な人間が属性だけで不条理な扱いを受けたら、どんな気分になりますか。ねえ、想像してみてください。

「教えてください。梶原部長はご自分の言動で人が傷つく可能性についてどうお考えですか？誰かが傷つくことは面倒臭いことなのでしょうか」

いつの間にか怒りは収まっていた。私は祈るような気分で梶原部長を見つめた。

「は、なに、説教？」

せせら笑いながら、梶原部長は「何様だよ」と目を逸らした。動揺を気取られまいとするように。

「インタビュー申し込んでおけよ」

「できません」と即座に言った。「梶原部長がおっしゃるような記事は載せられません。企業イメージを損ねます」

「お前！　なに勝手に判断してんだよ！」

梶原部長が叫んだ。部署に響き渡る大声だった。怒鳴りながら私の机を叩く。紙やファイルが床に落ちたが拾わなかった。震える手を握り、腹に力を入れて姿勢を崩さなかった。こんなの、ただの威嚇だ。この人は逆らわれるのが怖くてたまらないのだ。

梶原部長はなにやらまくしたてていたが、私の反応を窺うように一瞬、言葉を切った。そのタイミングを突いて「梶原部長です」と言った。

「なにがだ！」

「お願いする、人選も任せる、とおっしゃったのは。だから、私の判断でさせてもらいます。撤回するなら担当を替えてください」

はあ？　というように口が歪む。頭を横に振りながら笑われた。

「口答えばっかりだな。言ったっていう証拠はあるのか」

「な……」と言いかける。長野くんが撮っている。証拠はある。でも。長野くんのほうへ遣ろうとした視線を戻す。駄目だ。誰かを頼っても仕方がない。自分だって、事務や経理の女性が梶原部長に嫌味を言われていても助けようとしたことはなかった。

それに、証拠とか、そういう話じゃない。互いの言を信用できないならそもそも仕事にならない。

「梶原部長は確かにおっしゃいました」

「話にならないな」

黙ったまま歯を食いしばった。ここで折れるわけにはいかないのに。

その時、コンと軽快な音がした。ドアの傍に営業部の西村さんが長身を斜めにして壁にもたれかかっている。コン、ともう一度、拳で壁を叩いた。

「全員の手が止まっていますけど、どういう状況ですかね」

「この女が！」と梶原部長が私を指した。

「あー笑えない状況ってことですね」と西村さんが口の片側を歪めて言った。「じゃあ、報告しなきゃいけませんね。ここ、ちょっと空気悪いって噂になってますよ」

さっと梶原部長の表情が変わる。

「いや、なんでもないよ。ちょっと熱くなっちゃっただけで。意見交換も大事だろ……」

「俺、聞きましたけど」

低い声が梶原部長を遮った。長野くんが驚いた顔をして横を向いていた。彼の左隣の田代《たしろ》さんがカタカタとキーボードを叩きながらぼそぼそと言う。

「部長、松戸さんに任せるって言ってましたよ」

いつも無精髭《ぶしょうひげ》だらけで滅多に発言しない、男性社員だった。年齢は梶原部長とそう変わらないという噂だったが、昔なにか問題を起こしたとかで役職にはついていなかった。分厚い眼鏡で表情は見えない。「田代、なに言ってんの」梶原部長が体を傾けた。「あ、あたしも聞きました」また声があがった。契約社員のアシスタントの中山《なかやま》さんだった。コピーの束を抱えたままやってきて床に散らばった私の資料を拾う。「私も」「僕も」とあちこちで声があがる。

梶原部長は部署を見まわし、「ふーん、そう」とすねた子供のように顎を揺らした。つまらなそうな顔をしていた。ふい、と私から顔を背け、一言だけ「覚えてろよ」とつぶやいた。

あなたも、と思う。あなたも忘れないでください。弱いと見下している人間にも捨てられない矜持《きょうじ》があるってことを。私だって歯向かえるんだってことを。

西村さんは書類に判子をもらうと、大股でさっさと部屋を出ていった。

ふと見ると、長野くんの席が空だった。廊下を歩いていくツーブロックの後頭部が見えた。こちらに向けられていたスマホもなくなっている。資料を拾ってくれた中山さんに礼を言い、早足で追いかけた。

「長野くん！」

廊下で呼ぶと、長野くんは嫌そうに振り返った。階段のほうを指し、廊下を曲がっていく。薄暗い階段の踊り場で追いつくと、長野くんが「またやられますよ」と呆れた声で言った。

「わかってる。でも、面倒な奴だって思われるようにすることにしたの」

「向こうのが余裕あるんですから、削られるだけですよ。持ちませんよ、きっと」

その通りだと思うので黙っていた。何日も無視されて、仕事を邪魔されたら、私の心も体もあっという間に潰されるだろう。それでも、ひとつひとつ抗っていくしかない。

「最悪、辞めますから」

「思う壺じゃないですか」と長野くんは溜息をついた。「あんなクソに正攻法で歯向かうっていうんなら、ただの馬鹿ですよ」

「そうだね」と頷く。それでも、いままでの私は梶原部長の目を見返すことすらしなかった。俯き、過ぎるのを待っていた。その状態よりはずっと生きている気がする。もう目を逸らすのはやめる。

「前に言っていた、私みたいな目に遭ってた人は長野くんの大事な人だったの？」

沈黙があった。やがて「そんなんじゃないです」と長野くんは言った。

「女の子?」

「そうですね。誰より早く超有名企業の内定もらって、僕よりずっとできるやつでしたけど。でも、職場でずっと胸のことをからかわれていたらしいです」

たんたんとした声で長野くんは話した。ポケットからタブレットミントをだして一粒口に入れる。

「胸」

「はい、おっきかったんですよ。そんなことでって思いました。小学生じゃあるまいし、馬鹿すぎるって、ろくに話も聞かないで笑ってました。あいつも笑ってました。そんな風に冗談みたいにしてたら、そのうち状況も変わるだろって思っているうちに、連絡が取れなくなって。馬鹿にわからせるにはネットリンチが一番だったのに」

なにも言えなかった。怒りのままに動けたらどんなにいいかと思う。でも、私にはできない。正しいとも間違っているとも決められない。

「馬鹿は俺だったんですかね。支えてやれば良かったのかな」

独り言のように長野くんがつぶやく。薄鼠《うすねず》色の階段にミントの香りがただよった。

「弱った姿を見られたくなかったんだと思うよ」

長野くんはなにも言わなかった。ただ黙って床を見つめていた。

どるん、と懐かしい振動が体を揺らした。高速船が赤茶色に錆びた船着き場を離れていく。港を出ると、青緑色の穏やかな海がひろがった。空と海が視界を半分に分けている。その間に森のような島が点々と浮かぶ。

日差しが強い。太陽の光は水面にぎらぎらと反射し、容赦なく皮膚を焼く。

「こんなに眩しかったっけ」

エンジン音に負けないよう大きな声で言うと、真以が切れ長の目を細めて笑った。高速船がスピードをあげるにつれ、黒い髪が潮風に踊る。

「観光地になったみたいだよ。いろんな芸術家が作ったみかんのオブジェがあちこちにあって、香るみかんの島って呼ばれているらしいよ。レンタサイクルで島々を渡る人たち用にカフェやゲストハウスもいっぱいできたんだって。みかんを食べて育った猪でソーセージとか作っている店もあったよ。もうぜんぜん知らない場所みたいだった」

旅行雑誌で調べた情報を話す私を、真以は微笑みながら眺めていた。

「香姫の花の咲く季節だね」

言われて、海に面した段々畑に咲く白い五弁の花を思いだした。甘酸っぱい香り。香姫を育てていた祖父母はもういない。母は私が事件を思いだすと良くないからと、私を島に近付けなかった。祖母の葬式すら行っていない。祖父は施設で亡くなった。

「亀島には大手のリゾートホテルが入ったらしいよ」

知っているのか、真以は黙ったまま頷いた。高速船は海の上を跳ねるように走る。最後尾の手すりに並んで立って波飛沫を受ける。日に焼け、髪がべたつき、唇がしょっぱくなる。懐かしい感覚。どちらも船室に行こうとしなかった。

「おにぎり握ってきたよ」と言うと、「葉のおにぎり好き」と子供みたいに真以が笑った。少し照れて、目を逸らしてしまう。ひときわ大きい潮風が吹いた。

ふいに、首筋に真以の指が触れた。私のうなじと首の境目を人差し指でつつくと、「葉なんだね」と言った。

「いまさら」と笑ってしまう。

「黒子」

真以の目は静かだった。

「黒子？　昔も言ってたね」

一瞬、私を透かして遠くを見るような顔をしてゆっくりと頷く。

「風が見せてくれる一番好きな景色だった」

そう言って、手すりに両腕を乗せた。高速船が方向を変え、黒髪が散って真以の顔がよく見えなくなる。風と振動の隙間をぬって「ありがとう」と聞こえた。

「なにが」

「島に行こうって誘ってくれて。一人じゃ来られなかった。じいちゃんに頼まれていたのに」

ポケットから青いハンカチをだして手にひろげる。白い欠片《かけら》があった。真以の作る陶器のアクセサリーのような乾いた無機質さがあった。けれど、すぐに骨だと気づく。平蔵さんの骨だ。

「じいちゃんもばあちゃんもどうして島に居続けたんだろう」

両手でハンカチを包んで真以がつぶやく。聞こえにくかったけれど、唇の動きでわかった。

「児玉健治は、島はすぐに死ねていいなって言ってた。四方八方が海だから、どこへ飛び込んでも死ねるって」

「でも、死ななかったじゃない」

真以が私を見た。

「ねえ、道があるよ」と高速船の通った跡を指す。青緑色の海に白い波の道が長く長く延びていた。

「海を駆けられるなら、通ったところすべてが道になる。島はどこへでも行ける場所だよ」

凜《りん》とした横顔がまっすぐに白い道を見つめた。寄合の長机の上を駆けていった小さな背中。

高速船で初めて出会った日、見たことのない道を作ってくれたのは真以だ。

「アクセサリーの『Wake』は波って意味なんだ」

真以が海を見つめたまま言う。「遠くまでいけると思った」

みかん色の橋が見えてきた。二つの島を繋ぐアーチ状の橋の下を高速船は通っていく。

「いけるよ」と手を繋ぐ。真以の手は昔より大きくなって、さらさらと乾いていた。

海から突きでた赤い鳥居に向けて、真以が青いハンカチを投げた。白い欠片が空に散り、波に呑まれた。高速船はぐんぐん進んでいく。真以が小さく別れの言葉をつぶやいた。

私たちは手を繋いだまま、白く泡だつ道を見つめ続けた。

初出
「小説　野性時代」二〇一九年十一月号～二〇二〇年三月号
二〇二〇年五月号～九月号
※単行本化にあたり、加筆修正しました。

千早 茜（ちはや　あかね）
1979年、北海道生まれ。立命館大学文学部卒業。小学生時代の大半をアフリカ・ザンビアで過ごす。2008年、『魚神』で第21回小説すばる新人賞を受賞しデビュー。09年、同作で第37回泉鏡花文学賞も受賞。13年、『あとかた』で第20回島清恋愛文学賞を受賞。他の著書に『クローゼット』『神様の暇つぶし』『さんかく』『透明な夜の香り』やクリープハイプ・尾崎世界観との共作小説『犬も食わない』、宇野亞喜良との絵本『鳥籠の小娘』、エッセイ集『わるい食べもの』『しつこく わるい食べもの』などがある。

ひきなみ

2021年４月30日　初版発行
2021年８月５日　３版発行

著者／千早《ちはや》　茜《あかね》

発行者／堀内大示

発行／株式会社KADOKAWA
〒102-8177　東京都千代田区富士見2-13-3
電話　0570-002-301（ナビダイヤル）

印刷所／大日本印刷株式会社

製本所／本間製本株式会社

●お問い合わせ
https://www.kadokawa.co.jp/（「お問い合わせ」へお進みください）
※内容によっては、お答えできない場合があります。
※サポートは日本国内のみとさせていただきます。
※Japanese text only

定価はカバーに表示してあります。

ISBN 978-4-04-110855-0　C0093